Memórias Inventadas
Divagações pelas veredas do destino

Editora Appris Ltda.
1.ª Edição - Copyright© 2024 dos autores
Direitos de Edição Reservados à Editora Appris Ltda.

Nenhuma parte desta obra poderá ser utilizada indevidamente, sem estar de acordo com a Lei nº 9.610/98. Se incorreções forem encontradas, serão de exclusiva responsabilidade de seus organizadores. Foi realizado o Depósito Legal na Fundação Biblioteca Nacional, de acordo com as Leis nᵒˢ 10.994, de 14/12/2004, e 12.192, de 14/01/2010.

Catalogação na Fonte
Elaborado por: Josefina A. S. Guedes
Bibliotecária CRB 9/870

L892m 2024	Lourdes, Tulius Mendonça de
	    Memórias inventadas: divagações pelas veredas do destino / Tulius Mendonça de Lourdes.
	        1. ed. – Curitiba: Appris, 2024.
	        160 p. : il. ; 21 cm.
	
	    ISBN 978-65-250-5869-6
	
	    1. Ficção brasileira. 2. Memória autobiográfica. 3. Imaginação. I. Título.
	
	                                                    CDD – B869.3

Livro de acordo com a normalização técnica da ABNT

Appris *editora*

Editora e Livraria Appris Ltda.
Av. Manoel Ribas, 2265 – Mercês
Curitiba/PR – CEP: 80810-002
Tel. (41) 3156 - 4731
www.editoraappris.com.br

Printed in Brazil
Impresso no Brasil

Tulius Mendonça de Lourdes

Memórias Inventadas
Divagações pelas veredas do destino

Appris
editora

FICHA TÉCNICA

EDITORIAL	Augusto V. de A. Coelho Sara C. de Andrade Coelho
COMITÊ EDITORIAL	Marli Caetano Andréa Barbosa Gouveia - UFPR Edmeire C. Pereira - UFPR Iraneide da Silva - UFC Jacques de Lima Ferreira - UP
SUPERVISOR DA PRODUÇÃO	Renata Cristina Lopes Miccelli
ASSESSORIA EDITORIAL	Bruna Holmen
REVISÃO	Katine Walmrath
PRODUÇÃO EDITORIAL	Bruna Holmen
DIAGRAMAÇÃO	Maria Vitória Ribeiro Kosake
CAPA	Carlos Pereira

A todos aqueles que acreditam que há um escritor dentro de si, e que memórias são mais do que simplesmente pensamentos que permeiam nossa mente. São pedras preciosas que enfeitam nossas ideias e que nos permitem viajar para além do que é simplesmente concreto.

Agradecimentos

Primeiramente, agradeço a Deus, o autor da vida, por me trazer força em momentos difíceis, capacitação para que alcance meus objetivos.

À minha mãe, de quem herdei muitas habilidades artísticas, a quem tenho como exemplo de que não há dificuldades que não possam ser superadas, de que a fé não move as montanhas que surgem em nossos caminhos, mas não quer dizer que não sejam intransponíveis. À minha filha, Anaclara Mendonça, que é o meu mais lindo sorriso de esperança que uma pessoa possa oferecer. À minha outra filha, Luisa Mendonça, que nos trancos e barrancos vamos nos amando. Ao meu príncipe e neto, Ravi, que ainda me olha estranho (Quem é esse sujeito?") e ao outro, que ainda está no forno (Pedro). Ao companheiro, amigo, parceiro, que divide lágrimas, regozijos, que me obriga a andar "sete-sete", e sabe sorrir de uma forma terna e cativante. Ao meu amigo, padrinho, afilhado, advogado Ismar, que não deixou que os 40 anos de amizade morressem simplesmente por ter nascido um novo Tulius. Aos demais amigos, tanto os da escola quanto os dos botecos de Minas, nos quais dividimos entre brindes e gargalhadas momentos inesquecíveis.

Aos meus amigos e irmãos queridos, João Victor e Ana Carla, dois anjos com que Deus me presenteou com tanta maestria nesta vida terrena. Aos meus irmãos, que, mesmo às vezes distantes, não deixaram apagar o nosso amor. Ao meu guru, Dr. Ewerson, que continua sempre ao meu lado, me ensinando uma das artes mais complicadas que a vida nos propõe: os fantasmas que atormentam nosso interior. E, por último, aos meus grandes "musos" inspiradores, meus alunos, que me desafiam a cada dia a criar, a continuar a ser esse "adolescente" de 58 anos, contagiado pelo desejo de continuar sendo um eterno aprendiz.

Prefácio

Entre a experiência e o tempo, aprendo com meu velho amigo que a dignidade de um velho ser é que ele seja ser, antes de ser velho, já que a condição temporal seja apenas um aposto, dispensável ao sentido essencial da oração que constitui a vida.

O que é indispensável, no entanto, é o afeto que contorna as memórias desse tempo, que aquece as conversas como um café, servido em uma xícara de porcelana.

De fato, não de detalhe, a memória é o complemento de que não podem ser separados os sujeitos, mas que, mesmo à distância, eclipsados, tornam a eles quando ligadas pelos afetos dos que são parte essencial de seu interior.

É o que aprendo diariamente com Tulius, amigo-irmão que, em seus textos, sejam eles escritos, falados ou interpretados, mostra poeticamente os encontros e desencontros do passado com o presente, e do presente com a imaginação.

Imaginação... essa capacidade de provocar no pensamento a possibilidade de mundos alternativos. Isso só poderia vir de alguém que é muitos, e que sendo muitos não pode nunca partir. As muitas formas que o autor encontra, em seus textos, de suscitar universos paralelos residem em sua capacidade de escrever de modo terno, de provocar o estranhamento para demonstrar afeto.

Tulius imagina a realidade com amor, e é com esse amor que entretece suas narrativas, repletas de "clímaxes" e "anticlímaxes", de avessos e de reversos, de escritas declaratórias de um amor indelével. O amor pelos seus, pelos versos, amor pelos textos, pelos palcos, pelo incerto.

Mas o que é certo é que desvendar incertezas traz, como certeza, a necessidade de ouvir o que o outro tem a dizer. De saber que só se narra quando se ouve, e só se pode ouvir o que um dia foi narrado. É dessa tensão entre a escuta e o cuidado, entre a fala e o predicado, que Tulius nos demonstra que escutar é aprender a aprender, e depende de ouvir a diversidade das estações.

Em cada uma delas, para o trem com seus vagões. Eles se perfilam, fazendo, sabiamente, da queda, um bailado na chuva; do medo da vida, uma escada para o paraíso; da utopia, uma escola de pontes; da procura, um encontro de improvisos. E é nessa valsa à luz do dia que Tulius constrói em seus textos seus reencontros; como um menino no espelho; como um viramundo empoderado de sua sabedoria construída no chão da vida; de seus shows nos entreatos.

É esse o espetáculo, o destino que se enovela, que cria e recreia, que faz do cronista um bordador de linhas mestras. É o teatro. É o palco e a festa. O lugar em que Tulius vive seus atos, o texto em que trama suas arestas. É o tabuleiro de seus dramas, e também de suas redescobertas. É o ponto e o contraponto dos mistérios em que se insiste, e em que também se mescla. É o presente que ele nos dá com sua vida, que nos ensina e nos encanta. São as memórias inventadas pelas quais agradecemos, e dizemos que são o produto de um mágico de fama!

"Não sou atroz, não sou veloz, eu caçador de mim [...]"
(Milton Nascimento)

João Victor Nogueira

Professor de História e Pedagogo

Mestre em Educação

Doutorando em História

Autor do livro "Educação Moral"

Sumário

ANTES DO ANOITECER 15
   Experiência X Tempo 17
   Xícara 21
   O desencontro de um encontro na praça 25
   Quando ele partiu... 31

FLORESCER 39
   Adolescer 41
   Estações 45
   Uma crônica chamada destino 49
   Em círculos... em ciclos 53

DESASSOMBRO 57
   Tenório e Astrolábio 59
   O amor é gramático 69
   Cadê as chaves 73
   Perfume 77

DES... EQUILÍBRIO 87
   No trem com meus trem!!! 89
   Não vivemos em uma ilha 91
   Ainda existe Lua 93
   No quarto da Solidão 97

DISSONANTE 99
   Isolamento sem exclusão 101
   Pétalas 105
   Androginia 113
   Os gatos preferem também a Luz! 119

ARCANO 127
   Páginas reais 129
   O roubo do quadro 135
   O sequestro 141
   No elevador 153
   Considerações finais 159

Antes do anoitecer

"Nada renasce antes que se acabe.
E o sol que desponta tem que anoitecer."

Vinicius de Moraes

"Talvez por pensarem que nos tornamos seres velhos e não velhos seres. Mas fique tranquilo, meu velho amigo, nós somos feito vasos de porcelana, nossa matéria-prima é uma verdadeira obra-prima!"

Experiência X Tempo

Naquele asilo onde tínhamos nossas vidas regradas em atividades e horários definidos para tudo, menos para cagar, principalmente para muitos, pois as fraldas os garantiam mais tempo, estávamos eu e o meu companheiro de quarto, o Ducão. Não sei se esse era o nome real dele. Mas assim o conheci quando ali me instalei e percebi que ele gostava daquele nome, ou homônimo, ou pseudônimo. Ainda carregávamos em nossos cérebros, em meio a tantos que já não se entregaram aos efeitos do esquecimento, devido ao mal do século XXI, para aqueles que já estão descendo a serra à espera da indesejada da gente.

Do nada me veio uma reflexão:

"O mais bonito que vejo nesse meu tempo de vida e experiência é que ouvimos sempre esta frase: 'Você ainda está novo(a). Tem muito o que aprender'. Acho-a preconceituosa demais, pois somos eternos aprendizes."

"Como assim? Você não está entrando fora de órbita também como nossos colegas?"

"Veja bem, Ducão, a experiência nos ensina muito, mas não quer dizer que os 'novos' não têm aprendizado. Há 'velhos' novos ainda para o que fazem, pois não desenvolveram tanto o que fizeram por falta de afinco com o ofício e com a vida."

"Você está falando desses velhos tipo esses nossos colegas? O Seu Lucrécio, a Dona Anastácia, o Seu Manoel, os quais não têm noção de seus próprios afazeres, de suas existências, de suas origens?"

"Não, Ducão, esses são vítimas de um mal que se instala com frequência em grande parte das pessoas já com uma idade talvez avançada. O que quero dizer é que há 'novos' já velhos no que fazem, não como ultrapassados, mas experientes, ainda que estejam no princípio de jornada, pois fazem com prazer, com amor, e isso os transforma em muito mais ricos em conhecimento do que muitos velhos de estrada e bem inocentes em suas bagagens de sabedoria."

"Então por que muitos ainda insistem em dizer 'já vivi tudo que tinha que viver, não me resta mais nada a aprender'?"

"Com certeza, meu velho amigo, e não amigo velho. Assim digo, não uso essa frase em relação à idade ou a tempo da pessoa em algum lugar ou ofício, uma vez que aprendi com tantos novos, mas já 'velhos' experientes, pelo amor e dedicação naquilo que exercem, e deixei de aprender com 'velhos' de estrada, mas bem inocentes de experiências, por não exercerem o ofício com prazer e não reconhecerem que somos eternos alunos de nós mesmos e da vida."

"Acho que estou começando a entender o que estás a dizer, meu amigo velho."

"Não. Por gentileza, velho amigo!"

"Ah, sim. Desculpe-me. Confundi. Cheguei até a lembrar daquele trecho de *Memórias póstumas de Brás Cubas* em que o protagonista, em sua narrativa, diz: 'não sou um autor defunto, mas um defunto autor'. Seria mais ou menos isso?

"Perfeitamente, meu velho amigo Ducão. E vou, a cada dia, percebendo que a sabedoria está nos eternos aprendizes, e aqueles que já se sentem sábios o suficiente, por já estarem 'velhos' no que fazem, acabam por ser engolidos pela ignorância do não precisar aprender mais."

"Certamente, meu caro amigo velho... ops... velho amigo."

Os dois riem e atendem ao chamado para o almoço daqueles novos velhos ou velhos novos. Mas todos prontos a exercerem seus ofícios; se gostavam, não se sabe, mas o que importava para aqueles dois era o que eles traziam dentro de si.

"Então me responda só mais uma pergunta, meu amigo velho... ops... velho amigo: por que nos colocaram aqui?"

"Talvez por pensarem que nos tornamos seres velhos e não velhos seres. Mas fique tranquilo, meu velho amigo, nós somos feito vasos de porcelana, nossa matéria-prima é uma verdadeira obra-prima!"

Caminham em direção ao refeitório num sorriso que só um velho homem conseguiria ter, jamais um homem velho.

Xícara

Parece que tudo quebrou: momentos, pessoas, alguns móveis, alguns sentimentos, abraços, amigos, tudo, ou quase tudo... todavia ela estava lá, uma porcelana que fazia parte de um jogo que ganhei no casamento, aniversário, Dia das Mães — sou mãe? — não importa, ou importa. Só sei que ela estava lá, a única sobrevivente, até o pires já se esvaíra.

Eu, nos meus oitenta, sessenta, vinte, seis. Qual idade certa? Era aquela que às vezes eu acreditava ser. As rugas no rosto não eram rugas, eram traços que demonstravam os ponteiros do relógio que disparou sem pedir licença e levou consigo memórias do presente, passado e futuro. Futuro tem memórias? Já se misturavam memórias inventadas de verdadeiras memórias. Tudo numa mistura como numa batedeira de um bolo sem fermento, pois sem sentido, sem ordem cronológica. Claro! O relógio já não dizia a hora certa.

Contudo ela estava sempre ali. Minha xícara. Dela não me permitia esquecer. Trazia na fumaça que subia, durante o café, ou chá, retratos de fatos, feitos, assombros, escombros nesse vazio que se tornara meu sobrado da alma.

Meu nome? Para que lembrar? Eles me lembravam quando a mim vinham me oferecer aconchego, olhares externando exclamações, interrogações, reticências... pois o tempo era incerto, o destino era incerto, o enredo se desenrolava num tecer desordenado, sem nexo, sem conflito, sem clímax, sem foco narrativo.

O que importava era que ela estava lá. Aquela xícara, a minha xícara, exprimindo parte da sobrevivência de minhas memórias. Naquela casa, minha casa, agora, em alguns momentos, estranha, não reconhecia os móveis. Por isso insistia que precisava ir embora. Entretanto se ela estava lá era porque era a minha casa, ou levara a minha tão significativa xícara. Dela não me esquecia jamais. Não queria que ela quebrasse jamais, pois ao quebrar, quebraria minha história, minha pulsação, meu respirar... meu... de quem estou falando?... Quebrou... sem nenhum suspiro... só estilhaços dela no chão, de meus escombros da alma.

*"Contudo ela estava sempre ali.
Minha xícara. Dela não me permitia
esquecer."*

O desencontro de um encontro na praça

Treze horas. Horário de almoço. Hora da sesta. Nada melhor que, em meio a tantos arranha-céus, buzinas, ambulantes, ir em direção àquela praça. Bem no centro urbano. Para eles, desde muito tempo, era como se fosse um portal para um mundo novo e mágico. Aquele foi o grande dia. Talvez. Um encontro marcado? Não. Não tinha como marcar. Não se viam há tempo. Ainda distante pelas circunstâncias do tempo, Tácio encontrava naquela praça seus melhores momentos com o pai. Lívio, quando dava, era ali que se mergulhava na nostalgia dos velhos tempos ao lado do filho. O grande dia chegara. Chegara? Os dois se sentaram cada um num banco. Era o momento mais precioso que ousavam ter. Ali traziam lembranças, a ponto de conversarem sozinhos com as plantas, os pássaros, o vento, as folhas que, às vezes, se despediam das árvores. Não era outono. Elas só se despediam. Folhas não caem somente no outono. Aliás, nada se desfalece somente no outono.

"Nossa, faz tempo que não sento nessa praça."

"Se não me engano, a última vez que sentei aqui, eu estava com o Tácio."

"Eu tinha apenas três anos. É bonita esta praça. Nunca tinha reparado."

"Passo aqui sempre que posso, pois trabalho aqui perto e nunca tinha reparado."

"O meu pai também trabalha aqui perto. Mas nunca temos tempo de nos encontrar. Ele deve passar aqui todos os dias."

"Claro! O Tácio, hoje é um rapaz. Creio que deva passar aqui todos os dias. Mas nunca o vejo. Coitado, está sempre sem tempo. No entanto vir aqui me traz boas lembranças."

"Esta praça me faz lembrar meu pai, Lívio de Alvarenga Penido."

"Até as árvores se parecem com ele. Grandes. Se aparecesse aqui neste momento, eu juro que iria querer conversar com ele, meu precioso filho Tácio. Dane-se o tempo."

"Mas ele, meu pai, coitado, não ia ter tempo para parar."

"Está sempre ocupado! Esforçado, o cara! Acho que puxou a mim. Não posso reclamar."

"Batalhador. O cara! Eu queria dizer tanta coisa pra ele. Inclusive isso, 'Você é o cara!, pai'."

"Já um rapaz. Como seria bom falar isso pra ele. Tem tanta coisa que eu queria dizer para ele! Acho que nunca disse..."

Ambos dizem ao mesmo tempo, cada um com o olhar perdido em meio aos arvoredos.

"Eu te amo... O tempo é corrido."

"Eu nunca convidei o meu pai para jogar bola comigo."

"Nem sei se ele joga bola bem! Brincamos poucas vezes quando ele ainda era bem criança."

"Claro que deve jogar, é o meu pai."

"Tudo que ele faz é bem feito. Além de ser engraçado. Quando criança gostava de fazer caretas para eu rir."

"Nunca contei uma piada para ele. Meus colegas acham minhas piadas engraçadas..."

"Riem feito loucos, meus amigos, quando conto e nunca contei uma para ele... Também, coitado..."

Ambos dizem ao mesmo tempo com o olhar perdido e nostálgico.

"Ele não tem tempo."

"Meu pai, sim, é um cara responsável."

"E gosta das coisas organizadas. Será que puxou a mim?"

"O que nós temos em comum? É, talvez um dia nos encontremos nesta praça."

"E vou poder dizer tanta coisa para ele. Será que ele ainda gosta de algodão-doce?"

"Mamãe fala que ele é um meninão! Sei lá. Deixe-me ir..."

Ambos levantam, olham mais uma vez para aquele arvoredo e dizem:

"Estou sem tempo."

Os dois caminham sem perceber que estavam um indo em direção ao outro, cabeça baixa e, quando na possibilidade de se verem, os celulares tocam, cada um atende, atentos a ouvirem do outro lado da linha, ao mesmo tempo em que vão olhando as árvores daquele parque em despedia. Passam um pelo outro despercebidos.

"E aí, onde estou?"

"Na praça, estou indo embora... O que eu estava fazendo?"

"Lembrando de outros tempos."

"Divagando em outras épocas."

Desligam os celulares. Dão uma parada, chegam a ameaçar a olhar para trás como se tivessem pressentido algo. Olham para uma árvore qualquer.

"Quem sabe um dia, coincidentemente, nós nos encontraremos neste parque, como na época em que eu o trazia para brincar!"

"No horário de almoço. Eu e meu pai."

"No horário de almoço. Eu e meu filho."

Ambos dão um sorriso para o nada, ou para o tempo, e dizem:

"Ele é o cara!"

Quando ele partiu...

Um dia com uma chuva fina, daquelas que vêm nos visitar sem hora de ir embora. Todos com os pés enlameados devido ao cortejo até o sepulcro triste, carregado de interrogações de um óbito jamais esperado. Não fora acidente, não fora morte súbita. Foram circunstâncias da vida, das escolhas, talvez, quem não faz escolhas? Das páginas do destino que se findava naquele capítulo.

"Engraçado, eu nunca imaginava que isso ia acontecer."

"As coisas nunca acontecem como imaginamos."

"É. Mas há uma lógica pra isso. Nós sempre imaginamos o que queremos que aconteça".

"Eu não sei para que essa discussão. Isso não vai trazê-lo de volta."

"Ei, gente. E aí, como estão passando?"

"Tem outro jeito? O que se pode fazer?"

"Mas agora é preciso levantar a cabeça e continuar vivendo. Do passado, restam apenas recordações."

(Silêncio.)

"Que droga! Por que essas coisas acontecem com a gente? Eu queria ter podido dizer tanta coisa pra ele. Eu o amava, mas não sabia demonstrar. Na realidade, eu sentia falta dele, mas não tinha coragem de dizer."

"Roberto, ele o amava também. Pode ter certeza disso. O que aconteceu foi porque tinha que acontecer. Não fique procurando respostas para o fato em si. Busque capacidade para entender."

"Mano, nosso pai vai deixar saudade. Eu vou sentir falta dele."

"Mas agora nós temos que nos preocupar com a nossa mãe. Ela precisa de nosso apoio. Por isso devemos estar unidos, sem brigas, sendo uma família."

(Silêncio.)

"Não vai ser fácil caminhar nesta casa. Tudo aqui tem o dedo dele. Olhar a pintura, olhar o modelo dos azulejos é olhar o papai..."

"Você se lembra quando ele resolveu pintar o quarto da Laura? Dizia que ela precisava de um quarto mais de moça."

"Ai, aquela cor era horrível. Mas a cara dele de satisfação foi tal que não tive coragem de contestar."

"E o som que nós ganhamos de Natal? Uma vitrola."

"Nós não dissemos como deveria ser o som!"

"Ah, mas aquela vitrola funcionou bem em nossas horas dançantes."

"Sem falar que juntamente com a vitrola ele nos deu um disco do Martinho da Vila."

De repente as lembranças se tornaram risos. Todos olharam a vitrola ainda em cima da mesa de canto.

(Silêncio.)

"E a cara que a Ana ficou quando viu o disco."

"Lógico. Como que alguém que gosta de rock vai sorrir com um Martinho da Vila. 'Vejam esta maravilha de cenário'."

"Mulher, mulher tão dengosa, mulher..."

"A mamãe ficava uma fera com essa música. E o papai colocava só pra irritar."

"D. Mirtes ficava uma fera mesmo. Dizia: 'Em vez dele comprar um disco do Roberto Carlos...'"

"Este quadro foi ele quem pintou... Dizia que nele estavam todos os seus segredos... Que o pintor em uma tela abstrata deixa revelar seus fantasmas, seus desejos, seu destino..."

"Nunca imaginei que pudessem ser fantasmas tão angustiosos."

"E agora ele se foi..."

(Silêncio.)

"Mano, olha o que achei? Uma caixa com diversas coisas do papai. Nossa, e imaginar que ele nasceu no século passado!"

"20 de julho de 1934. Puxa! Isso tudo? Nossa! Então ele teve muita história."

"E como teve! Olhem aqui! Ele chegou a tocar violino num concerto no Teatro Municipal! Que legal."

"Acho que ele chegou a falar sobre isso uma vez. Mas eu era muito pequena. Lembro-me por alto."

"Agora, esquecer as pinturas que ele fazia e as exposições de que ele participou, isso jamais vai dar para esquecer."

"Ei, olhem aqui! Parece um diário! (**Folheia o caderno antigo.**) "A vida é como o rio que corre, e não tem como beber da mesma água." Será que essa frase é dele?"

"Ela me faz lembrar um de seus quadros."

"Seu Francisco tem história. Só não ficou famoso com holofotes."

"Mas para nós, ele foi mais do que isso. E aposto que nesse caderno tem muito mais do que possamos imaginar. Não era só aquele senhorzinho baixinho vindo de um interior do sul de Minas..."

(Silêncio.)

"O que vou dizer na escola. Meu pai morreu de..."

"Para. Não fala. Diga nada. As pessoas não têm nada com isso."

"Então quer dizer que vamos continuar escondendo."

"Nada ficou comprovado."

"Ficou sim, Paulo. Você não prestou atenção nos comentários que estavam rolando a respeito de nosso pai, lá no cemitério?"

"Eu concordo com o Roberto e o Paulo. Vamos colocar uma pedra nisso e esquecer o que aconteceu."

"Eu não vou colocar pedra em nada, entendeu? Eu vou dizer o que eu quiser. Eu não vou esconder para as pessoas que o nosso pai buscou suas aventuras, que errou, errou sim, traiu nossa confiança, machucou a nossa mãe. É isso. Ele morreu, um doente, eu quero deixar bem claro que ele morreu de A..."

Paulo lhe dá um tapa na cara. Silêncio total no ambiente. Juliana abraça Ana. Eduardo começa a explodir-se em cima de Paulo.

"Chega! Chega! Você não tem o direito de fazer isso, Paulo. Você não tem a autoridade de fazer isso. Não pense você que você vai substituir o papai aqui dentro. Você não é ele. Você não é ele. Você sempre foi o protegido dele, sempre o filhão, e agora pensa que vai tomar as rédeas dele?"

"Eu não quero ser ele! Eu não sou ele! Eu não sou alguém que traiu, um doente. Para de falar isso. Vocês dizem isso porque não foram vocês que tiveram que ouvir a notícia sem direito de se rebelar. Eu nunca pensei que meu pai iria me trair, cara. Eu nunca pensei que ele faria isso comigo. Pra mim, ele sempre foi "o cara". Para mim ele era minha referência de vida. Como você acha que eu me senti? Olho para o leme e foi-se no mar. Você não olhou nos olhos dele quando ele revelou que estava com... doente. E olhar para ele com revolta e ter que demonstrar amor. Doeu, cara, doeu. Eu nunca quis ser aquele que é obrigado a aguentar todas as lamentações, ter que abraçar e não precisar ser abraçado. Ter que ter força sem direito de sofrer. Não, cara, você chorou, e todo mundo o respeitou. Eu chorei e pediram para eu parar, pois eu tinha que ser o exemplo, o alicerce. Mas eu não sou um alicerce, irmãos, eu estou sofrendo, meu pai me traiu..."

Um dos irmãos se aproxima dele e o abraça. O choro aumenta à medida que sentia o abraço mais fraterno.

"Não adianta agora vocês ficarem se acusando. Ninguém tem culpa. Nem seu pai tem culpa. A gente agora precisa se unir. Ei, pessoal, é essa a força que vocês querem dar à mãe de vocês?"

"Mano, não se sinta culpado por nós. Eu sei o que você está sentindo, mano. Olha, você que tem me dado força. Você se lembra o que você me disse hoje de manhã, cara? Eu não estou sozinho. Você falou pra mim. Eu preciso de você, cara. Mas eu quero te dizer que você também não está sozinho. A gente se extrapola, às vezes, mas a gente se ama, cara. A gente é uma família. E família é isso... Pesa, eu sei, mas é importante. Puxa, gente... Ana, você não está sozinha. Nós te amamos. Você sempre achou que papai não te amava. Ele sempre te amou. Um dia, nós conversamos muito sobre você..."

"Semana que vem é Natal. Papai gostava do Natal."

"E nunca deixava de montar a árvore de Natal."

"Mas agora ele se foi."

"É, ele se foi. Partiu..."

"Você se lembra daquele Natal em que o papai chegou tarde do trabalho e fazendo aquela surpresa?"

"D. Mirtes estava toda feliz, pois ele deu o maior presente que ela queria ganhar."

Dona Mirtes entra na sala com uma bandeja com sucos e bolachas.

(Silêncio.)

"Paulo, você podia trazer os presentes para colocá-los debaixo da árvore. Mas não vá bisbilhotar."

"Mamãe, a senhora não acharia interessante colocar os nossos também?"

"Tudo bem, minha filha. Pegue lá na sacola. Eu as coloquei no quarto de Laura. Mirtes, obrigada mais uma vez por vocês terem nos chamado para participar deste Natal. O Natal lá em casa fica muito monótono tendo só eu e Juliana."

"Que é isso, amiga. Vocês fazem parte de nossa família. Vamos lá dentro para você me ajudar no pernil."

"Com licença, atrasei, mas cheguei."

"Que bom, vovô, que o senhor chegou. Estávamos ansiosos."

"Ei, vô, já que o senhor chegou, por que não abrimos os presentes?"

"De jeito nenhum, Eduardo. Deixa de ser fominha. O presente é para depois. À meia-noite. Agora ainda são nove e meia."

"Puxa vida, eu vou morrer de tanta ansiedade de ver o meu. Não podíamos mudar os planos?"

"Vamos esperar, queridos. Sempre foi fominha, hein? Mas eu gostaria de antecipar um presente que se refere a todos vocês. Principalmente a você, Mirtes. Aqui está." **(Entrega-lhe um papel.)**

"O que é isso?"

"Querida Mirtes e meus filhos amados, aqui está definitivamente a nossa casa. Paguei o restante das prestações, ou seja, quitei tudo. Esta casa agora é literalmente nossa."

"Vovô, que maravilha. Quando você soube e recebeu esse documento? Mãe, é o seu sonho."

"Nossa, depois de vocês, nunca tive uma notícia tão boa."

"Vamos brindar ao momento."

Todos se abraçam e Roberto pega uma garrafa de champanhe e todos brindam.

"Ei, por que não montamos a árvore? Esqueceram-se de que quem montava era nosso pai?"

(Silêncio.)

Dona Mirtes pegou a caixa em que estava a árvore desmontada. Aos poucos foram montando, cada um colocando as bolas de Natal e decorando-a conforme lembravam como o pai deles gostava. Do nada, Ana, a roqueira, foi até a mesa do canto e colocou o vinil de Martinho da Vila para tocar. Todos a olharam e sorriram, em silêncio, em sorrisos. Ele havia partido em corpo físico, mas ali ficaram todos os seus encantos, seus carinhos, mesmo em meio às turbulências que a vida lhes trouxera, pois nada acontece por acaso. Fora uma armadilha do destino. Não se sabe. O que se sabe é que, se foi uma armadilha, algo não caiu nela, algo não, o maior sentimento, o amor. Sim, que nem a chuva infinita poderia levar por entre as enxurradas, pois ali não era Natal só naquele dia. Seria, com certeza, Natal para sempre. Jamais aquela árvore foi desmontada. Jamais...

(Silêncio.)

Florescer

"Às vezes eu tenho vontade de ter outra vez um amigo como aqueles que a gente tinha na adolescência. Aqueles pra quem você contava tudo."

Caio Fernando Abreu

Adolescer

Amanheci. Sim. De menino, agora um garoto. Perdi a intimidade com os brinquedos, comigo. Um novo alguém surgira em meu ser. Tudo estranho, até o espelho. Passei a querer decifrar aquele enigma e a buscar um tesouro. Quais? Decifrar o meu enigma e encontrar aquele tesouro. Só sei que amanheci, "adolesci"...? O que era isso? Busquei externar meu grito por socorro nos moletons largos, nos bonés, no olhar ameaçador. Meus passos não eram mais meus, meu sorriso não era mais meu, meu gosto não era mais meu. Tudo se fazia de acordo com os estigmas da mídia, calçando-me desses estereótipos para me incluir no que o meu grupo achava o "ideal".

Às vezes me olhava no espelho e achava tudo ridículo. Ao mesmo tempo dava-me medo do meu corpo. Parecia um terreno a germinar. Cada dia novos galhos, novas sementes, novas folhas, novos frutos. Por que alguns amigos germinavam diferente? Parecia que meu campo estava em meio à seca. Custava algumas partes florescerem como os campos de alguns amigos.

O silêncio passou a ser a minha melhor companhia. Os games, meu primeiro whisky. Gostava de encher a cara com ele. Ali eu me embriagava sem medo de esbofetear o que o pensamento pedia. Entretanto, o silêncio também me incomodava. Vontade de estar com alguém e poder dividir meu cérebro em ebulição. Foi então que percebi que esse era o tesouro que estava procurando. Um ouvido. Sim, bastava um ouvido para que pudesse escutar minha cabeça confusa e tenebrosa, ou medrosa.

Um ouvido era complicado. Quem teria esse tempo? Meus amigos? Pelos olhares, buscavam o mesmo tesouro. Meu pai? Seus ouvidos eram presos ao cotidiano massificado pelo trabalho. Minha mãe dividia seu cotidiano do trabalho com os afazeres domésticos. Realmente, o silêncio era o mais presente naquele dado presente.

Encontrar alguém que pudesse me escutar estava mais complicado que um xeque-mate no xadrez. Minha mãe pensou em me levar a um psicólogo. Meu Deus! Que mundo é esse? Preciso pagar para que alguém me ouça? Não. Não aceitava essa condição. O quarto passou a ser meu melhor esconderijo, minha melhor intimidade comigo. E foi assim que conheci a erupção do meu corpo em ebulição ao deleite do prazer. Na primeira vez, foi meio nojento e depressivo após o ato. Cheiro horrível. Cogumelo? Água sanitária? Com o tempo, tornou-se prazeroso, por mais que parecesse que onde você ia as pessoas olhavam como se apontassem o dedo dizendo "tirou uma hoje!". Babacas! Por acaso vocês também não liberam seus pombos-correios?

Comecei a entender que achar o meu tesouro iria contribuir para decifrar meu enigma. Não sei. Só sei que algo me dizia que deveria ser assim. E foi num dia, voltando da escola, que tudo aconteceu. Encontrara o meu tesouro sem necessitar de um mapa sequer, ou ter que enfrentar dragões, cavernas assombrosas. Ele estava bem ali, perto da escola. Era uma praça, que eu tinha que atravessar todos os dias para pegar meu caminho para casa. Engraçado, passava por ali sempre e nunca tinha reparado o quão bonita era aquela praça. Será que estávamos na primavera? Não. Não tinha sido a estação que definira tal beleza. Foi o meu olhar naquele dia. Eu caminhei não de cabeça baixa. Cheguei a abrir meu moletom e deixar o meu corpo respirar aquela brisa vinda dos arvoredos. Tirei meu boné, guardei na mochila, e dei uma bagunçada no cabelo. Minha testa suada. Que bom sentir aquele vento penteando meus cabelos aos modelos estipulados para a mãe natureza. Tudo estava diferente, a praça diferente, meu olhar diferente, meu coração diferente, o cotidiano não era cotidiano naquele dia, pois resolvi sentar-me no banco e ficar ali. Sem perceber, sentou-se do meu lado alguém, do que só fui me dar conta quando ouvi uma pergunta tão intuitiva, ou que pelo menos parecia. "Poderia me emprestar os teus ouvidos por alguns instantes?" Fiz um gesto como se fosse retirar meu fone de ouvido. Engraçado, nem estava com ele. Por que não estava usando? Meu fone sabia daquele encontro? Ele, ao meu lado sentado, era um senhor mais velho, talvez menos do que eu pensava que era. Mas o via como um ancião. Ele deu um sorriso para mim e começou a contar histórias, momentos vividos, lembranças daquela praça quando na infância. Não sei por quanto tempo ficamos ali, falando e sorrindo, às vezes ele, às vezes eu. Eu? Sim! Eu deixei-me navegar naquele barco sem velas, sendo levado pela correnteza daquele momento tão precioso.

E foi assim que vi que estava com o tesouro em minha mão. Sim, o ouvido, esse era o tesouro que tanto procurara.

Eu o ouvia e ele a mim. Juntos trocamos momentos, descobertas e mais descobertas. No olhar daquele senhor, pude ver o sorriso do meu avô, sentir o abraço do meu pai, o cheiro do perfume de minha mãe. Na troca de experiências, descobri, também, que o enigma já estava sendo decifrado, pois, ao ouvir aquelas histórias, descobri que eu também tinha histórias, e entendi-me como jamais havia me entendido. E o mais importante, percebi que eu também tinha um tesouro que poderia emprestar a quem a mim se dirigisse. Daquele dia em diante, a praça passou a ser minha maior companheira, e naquele banco comecei a dividir momentos com outras pessoas que estavam em busca daquele tesouro. Um ouvido. E eu tinha, e fazia bem emprestá-los, ouvir faz bem. E por falar nisso, poderias me emprestar os teus?

Estações

    Peguei o trem. O trem da vida. Lento, tranquilo, feito reticências. A vida, voraz, intrépida, repleta de exclamações e interrogações. Só sei que iniciei a viagem, num dia qualquer. Qualquer? Não. No meu dia, ou melhor, naquele dia em que deixei aquela casa escondida no ventre de minha mãe, naquele planetinha tão pequeno que, aos poucos, parecia que estava ficando menor do que eu mesmo. Contudo aquele até então ínfimo planetinha carregava consigo uma imensidão de palavras, de anseios, de amor, palavras de afeto, por pontuações diversas. Todas em um único cômodo, apertado, escuro, no entanto sentia-me protegido e ao mesmo tempo querendo conhecer o que estava lá fora.

    Olhar quem sussurrava para que eu ouvisse. "Mamãe já te ama antes mesmo de nascer." Isso. Nascer. Nasci. Agora eu era aquele menino, era aquele menino travesso, tinha fantasias, meus cabelos em cachos castanhos. No trem. No trem da vida. Não percebo mais fantasias, já não tão travesso. Agora quase um homem feito, feito Sabino em busca daquele menino no espelho, pois os sonhos de criança ficaram guardados na gaveta das memórias. Memórias de outros tempos, outros vagões, outras paisagens.

Entretanto continuava naquele trem. O trem da vida. A paisagem já meio obscura, repleta de interrogações, interpelações que me levavam num viver intenso, pois o agora é que me importava. Ao mesmo tempo, aquela paisagem levava-me a um vulcão em erupção, num apocalipse de emoções, num despertador em descontrole a me convidar para um "Carpe diem". Por quê? Do nada já estava em outro vagão.

Porém no mesmo trem. O trem da vida. Agora já era um homem feito. Era mesmo? Só sei que a paisagem era não tão voraz, ainda que audaz, pois o dia se chamava responsabilidade, o sol era o cartão de ponto de meus afincos, a fim de realmente me tornar um homem feito. Sim, não era um homem feito. Agora eu que conduzia a ordem naquele vagão. Eu era passageiro, mas também bilheteiro, até maquinista. Por quê? A paisagem era mais completa e complexa do que se podia imaginar. Outros estavam ali, outros dependiam de mim. Outros me fizeram amar, pois me impulsionavam a não parar. Por quê? Porque estávamos todos no trem.

O trem da vida. Agora já me sentia um homem feito, mas ao mesmo tempo desfeito, desfazendo-me aos poucos sem me preocupar tanto com o tempo. Na paisagem, a noite, o dia, tudo se tornara grisalho, distante, nostálgico... o olhar mais distante a contar aqueles vagões por onde passara. A poltrona, o teto, o piso, tudo naquele vagão tinha uma história, lembranças de melancolias, mas também de regozijos, pelos momentos vividos, por todas as emoções que o destino me propusera. Agora os ombros mais cansados, os pés, às vezes, mais inchados. Sem problema que me trouxesse quaisquer frustrações. De um andarilho nos vagões do destino, tornei-me um contador de histórias. Por quê? Porque os vagões escreveram minha história. Ou melhor, a história do trem. O trem da vida.

"Não sei por que, mas um novo ser surgira dentro de mim, cara! Perdi a intimidade com meus brinquedos. "Vai arrumar suas coisas! Já é!!! Já é!!!!!"

Uma crônica chamada destino

O que é a vida senão uma crônica chamada destino? Qual destino? E eu sei lá?! Eles não nos passam o texto completo. Então não seria uma novela em que o novelo vai se desenrolando de acordo com os momentos? Não. É crônica mesmo. Por quê? O cotidiano se entrelaça com o nosso destino e assim surge o primeiro parágrafo da crônica da vida: a infância.

"Agora eu era herói, e o meu cavalo só falava inglês..."

E essa crônica da vida se passa feito um relógio a disparar. Brinco pensando ser um soldadinho de chumbo, piloto de fórmula 1, um jogador de futebol, um super-herói. Sim. Vejo-me voando, com os poderes mais fantásticos do que se possa imaginar. O meu quarto é uma mistura de Nárnia com Gotan City. E o relógio? Os ponteiros parecem enlouquecidos, a cama parece estar ficando pequena. E a fantasia vai se desfazendo.

"[...] *eu enfrentava os batalhões, os alemães e seus canhões, guardava os meus bodoques, ensaiava os rocks para as matinês.*"

Não sei por que, mas um novo ser surgira dentro de mim, cara! Perdi a intimidade com meus brinquedos. "Vai arrumar suas coisas! Já é!!! Já é!!!!! Perdi até mesmo a intimidade comigo mesmo! Corro numa velocidade voraz em busca de um moletom com capuz ou um boné, que pudesse camuflar-me frente às minhas transformações no corpo. Por que essas transformações?

"*Quando eu era pequeno, eu achava a vida chata, como não devia ser...*"

Um boné que pudesse esconder uma cabeça cheia de confusão e medos! Como uma enxaqueca em que a dor se fazia nos sentimentos, nas emoções, não algo físico, concreto; no entanto, algo abstrato, enigmático, desafiador. Comecei a desenhar em mim modelos que pudessem me explicitar frente aos outros. Arrisquei-me em passos "cazuzianos", sorrisos "freddy mercurianos", até olhares "madonianos". Meu coração pulsava por alguém, mas não posso dizer. Estava apaixonado? Que pergunta intuitiva e sem resposta! O espelho não refletia mais o meu eu. Ou seria? Por que não me conhecia? Borbulhava-me feito num laboratório em mistura de hormônios, conflitos, angústias, e adrenalina; uma montanha russa de emoções! Ora queria gritar "EU EXISTO!" Ora o silêncio se fazia meu manto. E o relógio de minha crônica? Não parava de andar.

"*Aí veio a adolescência, e pintou a diferença... foi difícil esquecer...*"

Não havia mais brinquedos, não havia mais medos de reflexos no espelho. Agora já entendia meu corpo e percebia que a vida se misturava em aventuras e desventuras, prazeres e responsabilidades, desejos e amor. Sim, comecei a entender o que é amar.

"Por tanto amor, por tanta emoção, a vida me fez assim..."

Percebi com o tempo que pais não são eternos, mães não são eternas, e que a saudade passa a ser o figurino mais precioso de nossa bagagem, pois nela trago traços de um paradoxo entre a melancolia e a felicidade. Por quê? Porque só sentimos saudade daquilo ou daqueles que nos fizeram um dia felizes. Entender esse paradoxo foi para mim uma forma de entender o processo de morrer, o processo da partida sem volta. Alguns partiram, outros chegaram. Descobri que o amor é mais profundo do que a carcaça de um indivíduo. E me enredei em um novo e interessante clã: a família. Nossos pais, que foram nossos heróis, agora nos fizeram ser heróis de nossos filhos. E o relógio da crônica da vida não fazia sua sesta, pois trabalhava sem parar, repleto de horas extras.

"Não sou atroz, não sou veloz, eu caçador de mim [...]"

Já não tenho medo de olhar no espelho e pentear meus cabelos brancos. Eita! Estão brancos! Só que em minha crônica não vejo um homem velho, entretanto me vejo um velho homem. E o tempo me faz recordar algumas frases que marcaram: "A vida é o dever que trazemos para casa. Quando se vê, já são seis horas, quando se vê já é Natal! Quando se vê, já se passaram 50 anos. Não há mais como ser reprovado". Sim, a leitura passou a ser uma grande companhia.

Livros que outrora pareciam entediantes, difíceis de decifrar, agora pareciam tão simples, tão serenos, tão peculiares, a ponto de não querer abandoná-los. Por quê?

"Naquela mesa ele sentava sempre e me dizia sempre o que é viver melhor..."

Agora na bagagem carrego uma colcha que vim tecendo em minha caminhada. E os bordados foram se fazendo conforme a tecitura de meu destino. Alguns pontos firmes, outros frouxos. Mas há um orgulho de carregar essa colcha. Aprendi a não ter medo. Medo de quê? De abraçar; de dizer eu te amo; de dançar em meio à praça; de acenar para um desconhecido; de ser feliz sem pensar que estarei, como os mais jovens dizem, "pagando um mico". Já é? Por quê? Porque não me vejo um homem velho, mas sim um velho homem.

"Naquela mesa ele sentava sempre e me dizia sempre o que fez de manhã."

Em círculos... em ciclos

(Infância)

A vida é um eterno aprender.
Você nasce e aprende que alguém cuida de você.
Aprende a gatinhar, a chorar quando a fome aperta.
Aprende que brincar traz alegria.
Joga amarelinha, brinca de boneca, esconde-esconde.
Aprende que a escola é importante para você.
Aprende que é bom conversar com Deus.
Aprende que você já consegue decifrar as letras.
E que nem todos falam a mesma língua.
Aprende que seus amigos nem sempre concordam com você.
Custa a aprender que não vale a pena se irritar.
Aprende que é preciso obedecer.
Aprende que amar é também impor limites.
Aprende a querer aprender.

(Adolescência e juventude)

Quando você pensa que já cresceu tudo que tinha que crescer,

aprende que é apenas o início, irrita-se com o não.

Quer sempre dizer sim.

Desconhece seu corpo.

Busca uma resposta para tantas perguntas,

mas não se sabe realmente se são perguntas que carecem de respostas.

Aprende que em muitas coisas você já é dono de si.

E que em outras não está crescido o suficiente.

Aprende que o mundo cobra modelos de comportamentos.

Custa a entender a essência de Deus.

Aprende que tudo é obsoleto, tudo não combina.

Aprende que o corpo muda e os desejos crescem.

Aprende que ter alguém do lado é bom.

Aprende que amar traz desilusões.

Aprende que ainda não amou o suficiente.

Aprende que os amigos são as melhores pessoas do mundo.

Aprende que a união faz a força.

Aprende que os pais pegam demais no pé.

Aprende que viver a vida é um desafio.

Aprende que você, jovem, não sabe a força que tem.

(Adulto)

Quando você pensa que ainda tem o que crescer,

aprende que deve se virar para sobreviver.

Aprende que o trabalho dignifica o homem.

Aprende que o mundo é competidor.

Aprende que nem tudo vale a pena.

Que não são só os amigos que são as melhores pessoas do mundo.

Aprende que a família é preciosa.

Aprende que o despertador não pode ficar esquecido.

Aprende que o tempo passa rápido.

Aprende que o obsoleto volta a estar em alta.

Aprende que amar requer renúncias.

Aprende que estudar não é somente questão de escolha.

Aprende que viver em sociedade é importante.

Aprende que Deus fala com a gente.

Aprende que agora não é hora de desistir.

(Maturidade)

Quando tudo parece que já aconteceu,
você aprende que não aprendeu tudo.

Aprende que você foi exemplo para muitos.

Aprende que as fotos são nossas eternas companheiras.

Aprende que a confiança requer passos leves e precisos, pois, por questão de segundos, ela poderá se esvair.

Aprende que alguns amigos se vão, outros parecem que serão eternos...

Que não precisa querer mudar as pessoas, já que elas mesmas mudam.

Aprende que nós somos responsáveis por nós mesmos.

Aprende que o amor vai além do físico.

Aprende que somos eternos aprendizes.

Aprende que aquilo que parecia complicado eram apenas circunstâncias da vida.

Aprende que a vida não se constrói de ilusões.

Aprende que o tempo não é algo que possa voltar.

Aprende que plantar e decorar seu jardim da alma é significativo e satisfatório.

Aprende que pode suportar... que realmente é forte.

Aprende que Deus não é um ritual, é uma essência.

E que, para tudo, há um propósito.

Aprende que valeu a pena tentar.

Aprende que o futuro não importa tanto mais, o presente é mais valioso do que antes.

Aprende que sua trajetória ficou registrada em um álbum de fotografias

e que você fez uma ascendência, que sua vida tem uma linhagem,

que sua identidade ficou por gerações.

Aprende que a vida é uma valsa, numa sinfonia com o destino.

(Inspirado em Menestrel de Shakespeare.)

Desassombro

"Construímos muros demais e pontes de menos."

Isaac Newton

Tenório e Astrolábio

Aos 13 anos, Tenório já tinha convicção de que se tornaria um padre. Talvez até antes disso. Chegara uma vez a revelar ao frade do seminário em que vivia interno que ele se via na figura do garoto Marcelino, personagem do livro *Marcelino Pão e Vinho*. Não simplesmente por considerar o filme belo, ou por ter sido sua primeira vez numa sala de cinema, mas por entender ali o chamado de Deus. Para quem não se lembra um pouco da narrativa do livro, vai aí uma deixa. "Um frade conta a uma criança doente a história de Marcelino, um menino que foi deixado em frente a um mosteiro para adoção quando recém-nascido. O bebê foi criado pelo grupo de religiosos que residia no local, após diversas tentativas de adoção malsucedidas.

Entre estripulias infantis que desafiavam a paciência dos homens, Marcelino inventava histórias com sua imaginação fértil. Certa vez, no entanto, os frades foram conferir de perto uma situação narrada pelo menino, que acaba se tornando, com o desenrolar dos fatos, o personagem central de um milagre ocorrido no vilarejo da região."

Quando saiu do cinema, Tenório já pediu à mãe que o levasse à paróquia para que pudesse acender uma vela em gratidão a Deus, pois afirmava que Deus falaria com ele dali por diante, como falara com Marcelino. Naquele dia mesmo, prometera a Deus que entregaria a sua vida a serviço dele.

Tenório era um garoto de poucas palavras, amante da leitura, sempre obediente e pronto a servir à mãe no que precisasse. Do pai, não se lembrava muito, já que este deixara a mãe de Tenório, quando ainda o menino usava fraldas de tecido presas a alfinetes. No início da adolescência, Tenório já começara a sentir o peso dos hormônios. Sim, peso mesmo, pois para ele certas reações não condiziam com o que Deus aprovava. Numa madrugada qualquer, Tenório acordou com a calça melada, devido ao sonho que tivera e que nunca quis revelar. Eram mais ou menos duas horas da madrugada. Passou o restante da noite chorando e pedindo perdão a Deus. Já em outra ocasião, não resistiu aos impulsos de experimentar uma masturbação. Tal ato foi tão pecaminoso ao seu coração, a ponto de ficar o dia todo ajoelhado com o terço nas mãos, olhos fechados e lacrimejados, em penitência a Deus. Sua mãe observava tudo, tentava intervir, mas o garoto, nessa situação, persistia em desobedecer à mãe, dizendo que estava a serviço de Deus. Não faltava a nenhuma missa, não como somente um fiel que cumpria com seus deveres de católico batizado, mas como coroinha, o que realmente considerava primordial para sua relação com Deus.

Anos se passaram e lá estava Tenório no internato para padres, já completos os 18 anos. Era o aluno mais admirado por todos os sacerdotes do seminário Santo Inácio. Sempre cumpridor dos seus deveres, dedicava-se a orações não somente nos horários predeterminados. Por ter esse tipo de conduta, não tinha muitos amigos, com quem pudesse ainda usufruir nos momentos de descanso dos resquícios da adolescência. Alguns colegas até faziam piadinhas a seu respeito: "Não vamos brincar de corrida de quem chegar por último é a mulher do padre, pois o padre já tem a sua". Risos. Tenório não ligava, mesmo porque nunca acontecera nada que desse motivo a tais brincadeiras. Eram apenas falácias e mais falácias. Sua vida se misturava entre a fé indiscutível e uma certa solidão. Isso até a chegada daquele que seria seu melhor e muito mais do que um grande amigo de seminário. Astrolábio.

"Como é seu nome? Astro... o quê?"

"Astrolábio."

"Desculpe-me, mas estranhei o nome. É estrangeiro? Você sabe a origem?"

"Minha avó disse que minha mãe que escolheu. Ela disse que esse é um nome de um instrumento utilizado para medir a distância das estrelas."

"Sua avó? Por quê? Seus pais já morreram?"

"Meu pai não tenho nem ideia de quem seja. Minha mãe me deixou com minha avó e se foi para nunca mais. Diziam que ela era 'mulher da vida'. Fiquei com minha avó até a sua partida."

"Lamento."

O silêncio interrompera o diálogo por um bom tempo. Tenório resolveu convidar Astrolábio para darem uma caminhada pelos campos e arvoredos que rodeavam o seminário.

"E você? Fale-me de você. Você está aqui por quê? Seus pais também morreram?"

"Não. Foi um chamado. Desde criança nutro esse desejo de servir a Deus. A fé realmente move montanhas."

"Até hoje não vi nenhuma se mexer, a não ser nos locais em que há terremotos."

Os dois riem. Tenório olha Astrolábio numa mistura de admiração e curiosidade. O garoto não parecia estar ali por um chamado. Jamais seria um padre ou monge. Entretanto, Tenório estava feliz por ele estar ali.

"Eu não tive chamado nenhum. Aliás, acho que se houver algum chamado, vai ser para me expulsar." Risos. "Na realidade, com a morte de minha avó, fiquei um tempo num orfanato, porém completei meus 18 anos e sei que tem dedo da minha vó nessa minha vinda para cá. Ela conhecia o padre Francisco e ele gostava muito de minha vó. Sei que conhece bem a minha história."

Um badalar do sino indicava o horário da oração para o almoço. Os dois saíram correndo e rindo até Astrolábio resolver dizer "quem chegar por último...".

"Para, nunca mais diga isso! Por favor!"

Sem entender o porquê, Astrolábio só fez um aceno com a cabeça em conformidade e foram direto para o refeitório.

Dois anos se passaram. Tenório e Astrolábio não se separavam. Eram amigos, apesar das diferenças. Tenório compenetrado sempre, sério, leitor. Já havia lido quase todos os livros da biblioteca. Já Astrolábio sempre se envolvendo em enrascadas. Roubava coisas na cozinha, às vezes brincava de bola com os outros colegas do seminário, sempre pegava um castigo por alguma travessura, até cometer uma que foi considerada imperdoável para o seminário. E se não tomassem uma providência mais rígida, poderia influenciar outros à mesma conduta. Astrolábio pulou o muro do seminário uma noite com mais dois colegas e foram a um bordel no vilarejo que havia por perto. Lá eles se encantaram com aquelas "beldades" com seus decotes avantajados realçando seus seios.

Astrolábio começou a trocar carícias com uma das mulheres. Os colegas não tiveram tanta coragem. Preferiram se deliciar numa masturbação enquanto uma mulher mais velha, marcada pelo tempo de sofrimento e boemia, balançava seus seios e abria as pernas, deixando aqueles jovens enlouquecidos com o que viam. Astrolábio foi se deliciando em carícias com a "doce moça" até que algo veio à sua mente: "sua mãe é mulher da vida", "sua mãe é uma vadia"... Astrolábio já havia bebido alguns goles fortes de conhaque e, num surto, começou a proferir nomes pejorativos à moça, empurrando-a e jogando-a no chão. Chegou a cuspir nela. Os homens que ali estavam saciando seus prazeres com as outras "beldades" deram uma surra no garoto e os outros colegas dele saíram em disparada para o seminário. Astrolábio foi levado como um indigente e bandido pelos homens, levando empurrões e chutes. Padre Francisco, ao abrir o portão principal do seminário, deparou com aquela cena triste, e sabia que não seria fácil de contornar. A avó de Astrolábio teria que entender.

Os outros colegas jogaram toda a culpa em Astrolábio, como se tivessem cedido à tentação que o outro lhes oferecera. Não houve escolha. Astrolábio realmente não estava errado. O seu chamado foi para expulsão. Tenório somente olhava tudo com os olhos vidrados, perplexos, doídos.

"O que você vai fazer? Para onde vai?"

"Não sei. Pela vida. Como minha mãe. O mundo é grande, o oceano é imenso, o planeta parece infinito. Algum lugar me cabe. Algum lugar... Por que você não vem comigo?"

"Está louco? Deus me trouxe aqui e aqui tenho que ficar. Ainda que sofra todas as consequências de meus pesadelos e sentimentos."

"Que pesadelos? Que sentimentos?"

Tenório vira de costas para Astrolábio e deixa escapar uma lágrima.

"Vai. Aqui não é lugar pra você. É melhor ir logo."

Astrolábio toca no ombro de Tenório.

"Não toque em mim! Você não pode tocar em mim. Nunca mais. Vai... Não olhe para trás, nunca mais... jamais!"

Tenório correu para dentro da capela e fechou a porta. Ajoelhou-se e ficou a proferir rezas e mais rezas até que teve a certeza de que Astrolábio tinha partido. Rezava e segurava o terço molhado pelas lágrimas. Apertou tanto o crucifixo do terço na mão que parte dele se entranhou em sua pele e um sangue escorreu deixando marcado o piso do confessionário. O piso do seu coração.

Anos se passaram. Tenório agora era um dos principais responsáveis pelos jovens e por toda a parte burocrática do seminário. Algumas missas chegavam a ser proferidas por ele, mas ainda não havia passado pela ordenação, não podendo, assim, proferir a consagração da hóstia e a comunhão. Padre Francisco olhava aquele homem feito com admiração; ao mesmo tempo, seu sorriso nunca mais fora o mesmo, com a partida de Astrolábio, e o acordo de fé entre o padre e a avó. Onde estaria Astrolábio?

Manhã fria de inverno. O sino anunciava a chegada de um carro de boi. Mas não com mantimentos, ou cobertas. No entanto, trazia deitado um homem, com a barba mal feita, sujo, com mau cheiro.

"Venham, me ajudem a trazê-lo para dentro. Alguém chame Tenório. Deve estar na capela fazendo suas orações."

Todos olhavam aquele homem barbado, sujo, com mau cheiro, desfalecido no chão, assustados. Tenório se aproximou, ficou perplexo com o que via. Olhou para o padre Francisco, que devolveu o olhar em tom afirmativo.

"É ele."

"Sim, padre, é ele."

Tempos depois.

"Onde estou? Tenório?" Deixou escapar um sorriso junto com um gemido.

"Astrolábio? Que bom vê-lo. Não tente levantar. Agora mesmo trarei uma sopa. Por onde andou, seu medidor de estrelas?"

"Medindo estrelas. São tantas! Não tão brilhantes como pensamos que são."

"Encontrou sua mãe?"

"Sim."

"É mesmo?"

"Sim. Encontrei minha mãe nas mulheres que passaram pela minha vida, nas Lauras, Madalenas, Lorenas, Marianas... Tantas que não consigo lembrar de todos os nomes. Mas jamais me esqueceria de todos os momentos. Em todos esses anos, independentemente de onde estivesse, de todas as aventuras e desventuras por que passei, jamais me esqueci da pessoa que mais me trouxe momentos de alegria, momentos em que eu acreditei que poderia ser alguém digno na vida. Você, meu amigo. Jamais o esqueci."

Tenório sentiu um tremor por dentro. Os olhos estavam fitos em Astrolábio. Seu coração pulsava. Pela primeira vez não sentiu vontade de repudiar-se pelo sentimento que estava a tomá-lo.

"Estou muito feliz que esteja vivo, meu amigo. Breve estará de novo em pé e forte para sair em busca de estrelas, se é esse o seu chamado."

"Chamado? Está louco? Chama o que vivi de chamado? Chamado teve você. Olha aí. Não se deixou levar pelas armadilhas que a vida oferece. Ouviu com bons ouvidos o chamado que lhe foi comissionado."

"Engano seu, meu caro Astrolábio. Sempre admirei seu nome. Nunca ouvi chamado algum. Aqui foi o meu refúgio para não ter que enfrentar o meu chamado. E mesmo sem ter ido atrás do meu chamado, ele veio até mim. E quase deixei-me entregar, mas minha pequenez, minha covardia, me fez desviar-me e deixar ir aquele que poderia me ajudar a medir estrelas, sem medo de me perder por entre os buracos negros do universo."

"Tenório. Como assim? Você é um homem de Deus. Você foi fiel todo esse tempo. Você parece ser a pessoa mais respeitada neste seminário. Eu, um andarilho sem rumo. Padre Francisco, coitado, incuti-lhe um sentimento de culpa por não ter conseguido dar continuidade ao acordo com minha avó. Quebrou uma promessa, e não por culpa dele, mas percebi no primeiro olhar quando o vi, que seus olhos transmitiam culpa. Tudo por minha causa. Você não, você não abandonou Deus."

"Abandonei sim. Abandonei quando deixei você partir. Abandonei quando me joguei em joelhos, com rezas e mais rezas, por não estar sendo fiel, mas não ao chamado de Deus, e sim ao meu chamado, ao chamado do meu coração, ao chamado do amor. Você conheceu o amor, Astrolábio, você viveu o amor. Eu deixei o amor partir e vivi uma mentira e culpa minha vida inteira."

Astrolábio olhou sem conseguir dizer uma só palavra. Veio-lhe um sentimento de culpa pelo que causara ao amigo.

"Perdoe-me, Tenório. Não queria machucá-lo. Até com você eu fui cruel."

"Não fale isso. Você me fez realmente querer medir estrelas que estavam apagadas dentro de mim. Vivi esse tempo cumprindo, sim, a minha missão no seminário. Entretanto sem me mutilar quando em você eu pensava e deixava o meu corpo divagar no seu em prazer. Eu que lhe peço perdão. Só lhe peço algo, se assim quiser e puder."

"Diga".

"Se um dia for embora novamente, leve-me com você para medir as estrelas. Prometo respeitá-lo. Deixe-me pelo menos estar do seu lado, vendo-o buscar a felicidade, pois ao vê-lo assim estarei ouvindo o meu chamado, estarei feliz também, e não terei medo de sonhar."

Astrolábio sentou-se com certa dificuldade, abraçou Tenório com toda a força que conseguiu, deu-lhe um beijo no rosto... arriscou-lhe outro nos lábios e sorriu, simplesmente.

Astrolábio ficou com uma febre forte durante uma semana. Tenório e padre Francisco cuidando com compressas, chás e sopas. No oitavo dia, Astrolábio faleceu nos braços de padre Francisco e Tenório.

"Tenório, Astrolábio se foi... agora para sempre... Deus o receba onde ele estiver."

"Ele o receberá, padre Francisco. Não será difícil. É só procurar entre as estrelas que lá Astrolábio estará medindo-as."

Uma lágrima escorreu dos olhos de Tenório, mas não de sangue, e sim de ter ouvido seu chamado. A partir daí, todos os dias, em noite estreladas, Tenório passou não só a medir estrelas, como também a contá-las. "Um dia", pensou ele, "quem sabe consigo adquirir um astrolábio para que não perca nenhuma medida."

"Ele o receberá, padre Francisco. Não será difícil. É só procurar entre as estrelas que lá Astrolábio estará medindo-as."

O amor é gramático

  O amor é gramático, ou a gramática é amor? Prefiro ficar com a primeira hipótese, pois nem todos olham a gramática com um sentimento tão terno!
  Eu já percebo que o amor é gramático, quando, nessa amplitude de pronomes, vi que o meu "eu" se encantou pelo "você". E, nesse encantamento, tornamo-nos "nós", numa cumplicidade surpreendente. E "eles" começaram a fazer parte de nossa história: como coadjuvantes ainda, pois "nós", sim, éramos os protagonistas. Nas nuances que o amor suscita, percebemos também que não nos pautaríamos somente pelos pronomes pessoais, sejam retos ou oblíquos, pois também nos possuímos... Eu me tornei "seu", e você, "meu". Todavia, sem nenhuma possessividade, mas em cumplicidade harmoniosa. Aqueles indefinidos nem caberiam tanto em nossos momentos, já que não os víamos como pertencentes a "alguém" — ou, mais perigosamente ainda, a "ninguém" —, mas sim como pessoas cujo tratamento exigia de nós certas escolhas. Você? Sim, muitas vezes. Senhor? Não precisava, pois o meu respeito vai além da hierarquia.

Resolvi buscar um substantivo e transformá-lo em pronome de tratamento nosso: "Amor". Sim, esse seria o ideal para nossos chamamentos, ou seja, nosso próprio vocativo.

O amor é realmente gramático. Por quê? Antes de o conhecer, você até poderia ser um sujeito inexistente, com seus "haveres" e "fazeres", todos relacionados ao tempo passado ou simplesmente a um sentido de existência perfeita. Até, talvez, a determinados fenômenos para além da compreensão. Pois é, poderia até chegar a ser inexistente. Contudo, ao te ver, você se tornou um certo sujeito, jamais indeterminado, determinado sim. E, de simples que era, entregamo-nos ao composto, pois nossa vida começou a se desdobrar em muitos outros núcleos. Nosso sintagma já veio repleto de determinantes e nos espraiamos numa linda oração, cheia dos mais claros e calorosos predicados. Primeiro, os nominais, pois fui te desenhando em meu pensamento de predicativos. Depois ainda, os predicados verbais... Nossos momentos nos revelaram as mais diversas ações. Nossos verbos se mostraram bem significativos. E, hoje, estamos mais verbo-nominais, posto que nossas ações não são somente ações, mas reações acompanhadas de predicativos: adjetivos que formam e transformam o que se faz. Nessa construção de nossas orações, volto a afirmar que o amor é gramático. Quantas circunstâncias nossos momentos juntos conheceram? Sim, nossos advérbios, modificando ações do passado, do presente e, com certeza, do futuro. Nossos períodos não só permaneceram simples, mas começaram a ficar mais compostos, independentes ou não, coordenados ou subordinados — frequentemente justapostos —, pois nosso enredo vem se desenrolando a cada dia, com alguns atritos e muita conversa. E isso tudo nos dá a alegria de desfechos sempre surpreendentes e abertos.

Hoje, vivemos nessa concordância, nominal, verbal ou verbo-nominal, o importante sendo apenas que concordamos e nos desvendamos nessa regência irreverente, aberta aos mais diversos sentidos para nossa própria relação.

Sim, o amor é gramático, belo, terno e tresloucado. Tem também um bocado de estilístico. Enredamo-nos em enigmáticas metáforas, dispomo-nos em antíteses, oximoros, catáforas, anáforas e silepses, entendendo ainda que em todos os momentos, sejam eles bons ou ruins, estaremos sempre juntos. Entregamo-nos à gradação de ver ascender nossas relações, para além dos muitos recursos linguísticos que nos cabem.

Sim, o amor é gramático, e, percebendo isso, vejo que a gramática também pode ser amor. Basta apenas olhar tudo nela com o coração de quem se dispõe ao outro, como eu me dispus a muito mais do que isso quando você surgiu em mim e eu em ti. Tornamo-nos nós. Nós. E o "amor" deixará de ser apenas um substantivo comum, por querê-lo como o meu vocativo para me dirigir a você. Como o nosso vocativo, um para o outro. Sim, o amor é gramático.

Cadê as chaves

Um certo dia, resolvi pesquisar a respeito da expressão "sair do armário". Até que a explicação foi simples; vem da expressão americana "come out of the closet". O que não é tão simples é entender por que entrou no vocabulário dos brasileiros para se referir a pessoa que quer se "assumir" gay.

Talvez em uma outra pesquisa, que se referia à expressão "skeletons in the closet", "esqueletos no armário", achei mais coerente a relação. Como a gíria era usada por quem escondia algo vergonhoso, isso parece, infelizmente, cair como uma luva, à "espécie" ou, como dizem, "comunidade (LGBTQIPN+)", que precisa todos os dias reforçar o orgulho que sentem deles mesmos.

O primeiro passo é quando a gente mesmo abre a porta e resolve encarar essa "Nárnia" em meio a um "apocalipse". O segundo passo, após o armário, é para aquelas pessoas que você acha importante e sente a necessidade de externar o que estava guardado na gaveta. Agora o terceiro passo, já sem saber se foi seu ou de outrem, é quando esse novo "ser" torna isso público e, ainda mais com as redes sociais, rapidamente fica mais evidente.

Entretanto, encarar essa "saída do armário" como se fosse algo resolvido e definitivo é um ledo engano, pois escancarar essa porta é um ato muito difícil, já que sempre haverá alguém que vai querer encostá-la novamente. Seja em casa, numa roda de amigos, ou principalmente no trabalho.

É como se tivéssemos que pedir uma nova cidadania, não na cidade, estado ou país, todavia um "Green Card" planetário; isso mesmo, pois vivemos num planeta em que toda a atmosfera aspira um ar de heteronormatividade, pois as nossas relações são baseadas nesse "padrão". Quem não se encaixa a esse "DNA terráqueo" é um alienígena, não pertence a essa galáxia.

Quando pensei que a saída já estava concretizada, percebi que ela é algo perene. Por quê? Temos que sair do armário politicamente, teocentricamente, socialmente, familiarmente, e assim por diante. Alguns até tentam nos confortar com palavras de aceitação como "acho legal isso!". Isso o quê? Por que isso? Daí a ratificação de que não somos "normais" e não pertencemos a esse mundo.

Ao olhar lá para dentro do armário, percebo que, em meio ao corporativismo, precisam sair de lá de dentro a família, os vizinhos, os amigos, e tantos outros. É como se todos eles estivessem lá dentro olhando para você do lado de fora, com aquele sorriso torto, aquele olhar de soslaio, dizendo "está tudo bem!". Está mesmo?

Ao sair do armário, cheguei a sentir a vida do lado de fora mais clara. Ao mesmo tempo, quando saí dele, algo pareceu estranho. Quem era aquele lá dentro? Ah, sim. Comecei a entender que ficou lá meu outro eu que me atormentou feito traça para que eu deixasse o meu armário.

No entanto, não me disse que fora do armário não há outro armário, contudo um imenso "closet". Não tão lindo quanto Nárnia, mas marcado por vestes de preconceito, homofobia, violência, rótulos, estigmas, que nem as traças suportam. Chego a pensar... Cadê as chaves do armário? Devia voltar? Quer saber? Jamais... Jamais... Jamais!

"Entretanto ao encarar essa 'saída do armário' como se fosse algo resolvido e definitivo é um ledo engano. [...] Chego a pensar... Cadê as chaves do armário? Devo voltar? Quer saber? Jamais... Jamais... Jamais!"

Perfume

Entre inícios, meio e fim, entrelaçam-se palavras, momentos, venturas e desventuras, tudo numa busca incessante por apenas estar. Onde? Não sei. Não me contaram. Apenas é por estar. Somos filtrados num modelo estereotipado pelo sistema, que se diz ser o exemplo racional de um ser. O que é ser racional? Não sei. Não me contaram. Ou se me contaram, não consegui acreditar. Por quê? Para mim, ser racional não pode provocar marcas, não pode trazer cortes na alma, não pode causar dor. Ei, você, já se perguntou se você é racional? Hum, parece que, para mim, é. Ou será? Somos feito perfumes, constituímos fragrâncias diferentes. Alguns amadeirados, outros doces, alguns fracos, exalam rápido. Não são originais (risos). Outros fortes que marcam presença, ou causam náuseas. Só sei que não tem como querermos uma única fragrância, porque cada um de nós exalamos um cheiro. Nos últimos tempos, já nem sei se há uma estatística do número de perfumes e as diferentes fragrâncias que existem. É difícil escolher um ideal. Mas o que importa é deixar implícita a nossa fragrância. Já nem sabemos ao certo qual é o nosso cheiro. Qual o seu cheiro?

Eu? Me nomeei Nature. Por quê? Não sei. Não me contaram. E assim, somos hoje essa mistura de fragrâncias, mistura de almas, que se entregam a uma condição zumbi, pois não conseguem encontrar a fragrância padrão, ou melhor, RACIONAL. Todos à espera de um convite. Um convite para um jantar, uma ceia, uma grande ceia. Entretanto ainda não chegaram os convites. Você recebeu? Eu? Ainda não. Por que será? Não sei. Não me contaram.

"Quem sou eu? Sei lá. Não me contaram. Só sei que sou essa fragrância que dizem ser o cheiro do futuro. Como futuro, se ainda nem me descobri? Só sei que os rótulos vêm e vão. Eu já não me conheço tanto. Por isso, prefiro estar assim. Guardo em mim marcas de vozes que ecoam todo dia: feia, gorda, raquítica, piranha, "lindinha" (COSPE.). Falsa!!!!! Falsa!!!!! E aí? Perdi meu nome. Ah! Bem. Agora Euphoria. Sim. Essa é a minha fragrância. É? (Cheira a si mesma.). Sim. É. Assim não sinto meu cheiro. Assim eu não preciso mostrar qual é o meu verdadeiro cheiro. Não deve ser o que eles querem. Quisera eu que não fosse verdade, mas surgiu uma nova fragrância em mim, um novo ser. Ser? O que é ser um SER? Somos feito rios, as águas que já passaram não voltam mais. Agora são novas, desconhecidas. Por que não pode ser uma correnteza? A correnteza é veloz!!! Engraçado, parece até que estou numa correnteza, forte, tragando-me para o fundo de não sei onde. Porém ela não passa rápido. Por quê? Parece que está em câmera lenta. Nessas páginas turbulentas da minha vida, quero gritar: PODEM ACELERAR ESTE CAPÍTULO? Só sei que estou aqui amarrada nesse finito ponto, nesse finito quadrado. Não que eu seja aquela paciente amarrada no leito de um hospital, por estar agitada, fora do seu consciente. Não. Minhas amarras estão interligadas nas frases que ouço todo dia, nos olhares de repúdio que me metralham todo dia. Meu nome real?

Não sei. Ou melhor, não quero dizer... Ou... (Sem medo da dor, pega o estilete e faz um risco no braço, pois a dor não era maior que a dor dentro de si.).

E nesse livro chamado destino, assim vai se construindo o texto, ou melhor, vários contextos. O gênero já é anunciado no prefácio. E aquela capa que pensávamos que seria um livro de humor nos revela o início de um drama, com páginas como se soasse um som de uma melodia fúnebre e angustiante. A protagonista mergulha numa angústia em sintonia com os traumas que vai adquirindo em cada capítulo, ou sem nenhuma intenção "hiperbolática", em cada linha de parágrafos desconexos com a personagem, mas em nexo com a realidade de muitos que não percebem o que estão lendo. Já nem sei se há um protagonista! Ou talvez um antagonista! Já nem sei de quem é a culpa. Só sei que a protagonista se esconde por trás de um traje marcado por rótulos, cercada de um conflito de identidade. E a sedução que parecia ser mais prazerosa do que aquela encontrada na infância ainda se externa em um caos no mais profundo e devastador sentimento humano. E o desenrolar do enredo vai deixando marcas, a cada risco, a cada corte. Não seria nessa profundidade, nessa lava se derramando por entre seus choros contidos, por entre as lágrimas ressecadas que poderiam, talvez, deixar o seu eu libertar-se assim que se resolvesse externar o seu interior?

E, como uma voz vinda de um prédio de 80 andares, ou como toda uma torcida dentro de um estádio, ao olhar-se no espelho, mesmo de soslaio, ouvia-se: "Feia, como ela é brega, além de tudo, burra. Você viu a nota dela na prova?"

Enquanto isso, em outra parte, numa esquina qualquer, outra demonstração da irracionalidade humana para uma sociedade que não se permite estar à margem sem se tornar um "marginal".

Meu nome? Nem sei mais. Eu me batizei como Alphazema. Sim. Obsoleta, não? Mas jamais uma fragrância esquecida. Minha vó usava. Eu achava linda a caixa que trazia o frasco. Chegava a recortar aquela mocinha para brincar. Linda, singela, pura... (Risos, mas não sorrisos.) Vida? Será que é vida o que acontece comigo? Vida foi na minha turma ainda criança. Meus trejeitos não incomodavam. Brincávamos, ríamos, fazíamos até troca-troca!!!!! Você não fez... Mentiroso!!!!! Mas quando me tornei moço, mocinha. Aí tudo mudou. Já não era mais aquele, aquela garotinha engraçada, esquisita, mas engraçada. Virei recheio na bandeja do desprezo. Alvo de chacotas. MARICONA, BICHA, PUTA FALSIFICADA! MORRE, DESGRAÇA!!!!! Vivo na rua. Sou objeto. Sujo, menosprezado, sem direito de escolha. Uma oferta para saciar prazeres. Não tenho medo da rua, tenho medo de me olhar. Tenho medo de voltar. Vergonha. Ser travesti: não tem condição de dizer que se pode ser feliz. Sou feliz sim, assim, mas eles não querem. Felizes são aqueles que te usam e te batem, falam com você como domadores. Ameaçam. Não sabem te amar. Para eles, você não é digna de amor. Eu não conheço o amor. Dizem que Deus é amor. Dizem também que a vida é uma escolha. Eu escolhi. Perdi minha família. É. Não me aceitam, ou se aceitam, preferem fingir que não. Tenho vontade de voltar. Mas o que direi para eles? Que sou mercadoria barata, suja, que não valho a pena como indivíduo? Hoje escondo o meu rosto atrás de uma falsa liberdade, uma falsa felicidade. Ei, tá a fim? Prometo que não vou te morder!!! E Júlia? JÚLIA?

Oh, menina desastrada, olha o que você fez no chão. Entornou o suco. Parece que está com a mão quebrada!!!!! Eita, sua peste, vem arrumar seu quarto agora. Você não é mais uma criancinha pra ficar fazendo essa bagunça!!! Não quero você na companhia dessas pessoas. Eu sei o que é melhor para você. E o que é isso no seu quarto? Sua mãe tem razão, cruz credo, viu. Nunca vi uma menina tão porca. Eu não tenho tempo pra ficar ouvindo suas lamentações. Eu dou duro o dia inteiro, e você está aí, sem fazer nada direito. Nota ruim, desengonçada, pele horrível. Ei, vocês, por que me olham assim? Cada um sabe o que é melhor para o seu filho. Esses pirralhos não têm noção de nada. São zumbis, isso, como mortos-vivos. Nem se conhecem direito e já querem sair por aí. Não! Namorar? Que isso? Eu sei a hora certa! Eu sei qual o melhor curso! Eu sei qual o melhor ambiente. Tenho o que tenho por quê? Tive uma educação. E como foi a minha com meu pai, assim será com minha filha! Não se mexe no time que está vencendo!

"Está vencendo?"

"Namorar? Está louca, menina! Júlia? Júlia? Está me escutando? Eu ainda vou perder a paciência. Nessas horas dá saudade do tempo em que se podia descer o cacete. A correia. Júlia?"

"Não tem nada a ver!!!!! E agora? O personagem já busca desesperadamente por um enigma e um tesouro. Ele já não tem uma identidade. Na realidade, a identidade dele é a que a própria vida o intimou. É um ser coberto de desafios e responsabilidades. Vive escravo de si mesmo, ou do que o sistema lhe impõe? Tenta administrar seus passos na ampulheta da competitividade, do querer estar no meio. E o grito vai se tornando cada vez mais forte. Por quê? Não me contaram."

"Você precisa experimentar essa verdade absoluta. A real espiritualidade. A aceitação da libertação das correntes que te aprisionam. Eu sou o Bálsamo. Minha fragrância traz serenidade, purificação, até cura. Basta deixar de fora tudo aquilo que não pertence ao que meus preceitos colocam como verdades. Eu lhe ofereço os dogmas de uma única fragrância em que você se torna 'o escolhido', o divino, o inscrito no livro da libertação. Porém, sim, porém... nem todos cabem nesse frasco. A fragrância só exala naqueles que se reconhecem necessitados da misericórdia divina, aqueles que se reconhecem escravos do pecado, se reconhecem fracos e sem condições de viver seus próprios desejos, pois nem todos os desejos cabem nesse frasco. Eu lhe ofereço o amor divino, o amor que digo incondicional, porém nem tudo lhe convém, nem todos lhe convêm. Se não quer assim, então resta-lhe deixar que esse seu cheiro transfigure seu interior e lhe queime numa embalagem sem QR code. Por quê? Assim, você não vale nada! Nem para nós! Júlia? Júlia? Levante a sua mão? Você quer essa fragrância?

Júlia faz um corte no braço.

"Às vezes somos feito biscuit, um objeto de prazeres nas masturbações de homens sedentos pelo senso dominador. Será que muitas como eu gostariam de acenar para a multidão num grito de liberdade, igualdade? Não necessitariam de ter medo de se despir sem sofrer sussurros sem direito de dizer não. Não temeriam em dizer não, repudiando àqueles que estufam seus peitos e ainda insistem em usar nosso corpo feito vândalos, com seus suores nojentos e olhares ameaçadores. Teríamos a coragem de gritar, o grito da mulher brasileira, da mulher que a cada dia enfrenta um ser que se acha melhor, só por carregar testículos. Do direito de levantar o dedo do meio para aqueles que a insultam, ainda que venha a sofrer feito Madalena, com pedras soletradas nos lábios machistas, grosseiros e impiedosos. Piranha, putinha, gostosa, galinhaaaaaaaaa!!!!!!!!!!!!!!! Engraçado, já repararam os dois sentidos para essa última palavra? Galinha. Quando se refere ao gênero masculino, soa popularidade,

fodão, gostosão! Quando se refere a nós, tipos esta aqui, ai...
pejorativo, suja, passa de mão em mão, dá pra todo mundo.
E daí? E se eu quiser? Você não come quem você quer? E eu
dou para quem quiser!"

Júlia dá um sorriso paradoxalmente irônico e oprimido,
faz mais um corte no braço.

"Calvin Klein! Esse é meu nome, ou melhor, minha
fragrância. Exalo o cheiro do belo, do perfeito. Carrego em
mim o modelo que sustenta a mídia e transcende a gula
dos telespectadores. Sou marcado por um olhar estético.
Não importam os sentimentos, nem as angústias. O que
importam são os olhares que se instalam em cima de mim
quando passam. Debruço meu corpo no palco da ilusão
estereotipada e manipulada pela mídia. Exalo tesão e desejos
mais incutidos. Sei que muitos pensam em mim até como
fetiche. Ser gostoso não quer dizer que sou o essencial.
Porque não há essencial em quem carrega a fragrância do
narcisismo. Nunca se sente realizado e vai se moldando, a
deformar-se sem perceber o desvio da escultura corporal
que o dinheiro pode comprar. Não tem problema. O reflexo
no espelho mostra-lhe o perfeito. O que é real em mim?
Precisa de algo real? O mundo não é um jogo de utopia em
que tentamos burlar nossas angústias por trás de divagações
e idealizações? Não quero ser esse alvo menosprezado.
Prefiro ser essa escultura, esse modelo "perfeito". Assim,
me sinto a pura perfeição. E você? Hein? Não diz nada? Vai
ficar aí? Mexa-se, sua burra, sua tonta, enxerga-te... Júlia?
(ironicamente) Júlia!!!!!????"

"Você continua sendo metralhado a todo instante por
rótulos que perfuram sua alma roubando-lhe toda identidade. As pessoas definem seu ser sem ao menos tentar
entender que pode existir algo dentro. Isso vai corroendo

pedaços de si e você começa a se autoquestionar. Quem ou o que sou eu? Você passa a não entender por que é assim... De repente, o tempo passou e você começa a acreditar nos diversos nomes que lhe foram dados e já não sabe qual é sua verdadeira identidade.

"Nem sei se essa fragrância que trago comigo é real ou falsificada. Tabac Blond. Exalo meu cheiro nos conflitos dentro de sala de aula. Misturo-me a tantas fragrâncias perdidas em seus próprios cheiros. Sou ora dito como o mais importante para a nação, ao mesmo tempo que sou rotulado feito uma prostituta, por estar deturpando a cabeça de outros que ali estão. Meu cheiro deixa exalar a desvalorização e ecoar o grito por um olhar mais satisfatório. Mas não é essa a realidade. No sistema, sou um comunista barato, revoltado, que promove confusão na cabeça de milhares de crianças e adolescentes. Na sala de aula, para alguns, um detector do conhecimento, e para outros, deparo com olhares de indiferença, de desprezo, de sarcasmo, de incredulidade no meu propósito a oferecer. Para muitos tenho que fazer o papel que seus genitores não conseguiram ou não podem fazer mais, por não darem mais conta, ou por não terem 'tempo'. Tempo? Assim, acabo, muitas vezes por explodir: 'Desse jeito você não vai ser nada!'. Alguém levanta a mão. Meu coração pulsa num olhar de: ele está entendendo o que estou passando! Entretanto, 'posso ir ao banheiro?'; 'falta quanto tempo para acabar a aula?'; 'professor, você já corrigiu a prova?'. Isso vem como um tiro. Ou melhor, um punhal perfurando tudo aquilo que você pensava que "valeu a pena". Será que vale? Vale sim. Júlia? Júlia? Está tudo bem?"

Júlia deixa cair a caneta que risca o seu braço e olha para o espelho. Levanta e caminha até o guarda-roupa. Solta os cabelos, vai tirando a roupa escura que vestia, peça por peça.

Começa a vestir um vestido amarelo. No canto do espelho, um adesivo escrito "Setembro Amarelo". Resolve passar uma base no rosto, um batom. Penteia o cabelo. Júlia fica em pé olhando fixamente para si e para seu vestido amarelo.

"Júlia. Esse é meu nome. Eu me chamo Júlia."

Ri consigo mesma. Não mais um sorriso irônico ou oprimido. Mas um sorriso com gosto de amanhã, com gosto de setembro, de primavera. E começa a sussurrar seu nome e vai se maquiando, penteando os cabelos, e borrifa um perfume em si. Cheira-se, olhando-se no espelho, sorrindo, sussurrando seu nome.

"Júlia... Júlia... Eu sou Júlia. Eu quero ser Júlia..."

"Quem sou eu? Sei lá. Não me contaram. Só sei que sou essa fragrância que dizem ser o cheiro do futuro. Como futuro, se ainda nem me descobri? Só sei que os rótulos vêm e vão. [...]"

Des...
Equilíbrio

*"É a incerteza que nos fascina.
Tudo é maravilhoso entre brumas."*

Oscar Wilde

No trem com meus trem!!!

Como bom mineiro, o substantivo "trem" me serviu para diversas circunstâncias na vida. Indubitavelmente a palavra com o maior valor semântico que há, em Minas, é claro, devido ao leque de possibilidades de sentidos. Interessante como a conotação dessa palavra nos conduz a tantas possibilidades: "Cadê os trem, sô?"; "Olha esse trem que você causou!"; "Sabe aquele troço lá na praça?"; "Que troço, sô?"; "Uai, aquele trem esquisito que nós vimos perto do laguinho".

E assim vai. É trem pra cá, é trem pra lá, só sei que é um trem de doido essa palavra. E hoje, em plena segunda-feira, estou tendo a primeira experiência denotativa da palavra "trem". Por quê? Porque estou dentro do trem, uai, indo pra Vitória. Trem mesmo, daqueles que têm vagão, andam no trilho, têm apito e... e... e...

O melhor do substantivo "trem", de forma conotativa, é que não precisa de flexão de número. É mais chique mesmo dizer "us trem". Aquele que diz "os trens" não é um mineiro da gema. É falsificado.

Esse privilégio com a palavra trem só nós mineiros é que temos. Agora, na hora mesmo de pegar o trem, literalmente, é que a gente faz uma inversãozinha dizendo: "Pega os 'trem' (malas) que a 'coisa' (trem) invém".

E assim vou conduzindo minha viagem de férias; divagando cheio de "trem" na cachola, pois assim é a mente de um escritor; tudo vira texto. Qualquer trem serve de inspiração. Ainda mais quando se está dentro de um trem cheio de trem pra ver e sem muito o que fazer.

Não vivemos em uma ilha

A vida é um livro, mas será que é uma continuação de *A ilha misteriosa*, ou talvez de *Robinson Crusoé*?. Na realidade, nenhum dos dois, pois não me sinto fechado numa ilha, sem quaisquer outros seres humanos. Então por que tudo às vezes parece tão confuso? "É como uma aberração caótica, indefinida e aleatória. Cada palavra possui fontes diferentes, textos se erguem como arranha-céus, de gêneros que variam do drama ao romance, e de suspense ao terror. Um criptograma dotado de uma urgência a ser desvendado. Páginas são folheadas, repletas de incertezas, o futuro é composto de folhas em branco. Mas com o passar do tempo, com o amadurecer da história, conseguimos encontrar um pouco de ordem no caos."

Finalmente passo a entender que, mesmo me vendo em uma ilha, eu realmente não estou só. É que as pessoas são como árvores. Mas árvores que se movimentam, como em um mundo mágico. No entanto não há diálogo. Árvores que não lhe oferecem sequer um fruto. Sem problema, pois o criptograma não é tão urgente, descobrir-se necessita de tempo, um tempo interior e próprio.

E, por fim, a conclusão, se as páginas estão em branco, cabe a mim ser capaz de contar essa história, descrever quem verdadeiramente sou, cheio de angústias e infelicidades, mas também repleto de serenidades e felicidades, as contradições que nunca nos abandonarão. Todavia por que descobrimos isso?

Claro! Por entender que não sou completo. Certos tropeços com que a vida nos comissiona ratificam o quanto não nascemos completos. Vamos completando-nos com o tempo. Ao me achar realizado, concretizado, vejo como me torno *vítima da mais perfeita ilusão: a da perfeição.*

Nessa ilha vou me moldando a todo instante, com aventuras e desventuras de acordo com o que minhas veredas me apresentam após cada curva. Por isso me vem um certo receio da curva, ao mesmo tempo em que me vem o desejo de viver tal experiência. O novo passa a me convidar, o velho recebe o meu desprezo. O novo dá medo, *aflição,* porém como em êxtase me convida. E assim vou caminhando: às vezes, em passos firmes; outras, em passos trêmulos.

Tento entender no outro a parte que me falta, e o que em mim possa completá-lo. Contudo ele, ou eles, se posicionam feito árvores, sem frutos, como no outono, deixando cair as folhas secas pelo descaso, do se vire, do foda-se. Ainda assim insisto em deixar ecoar que não somos Robinsons Crusoés, só assim *não nos sentiremos em uma ilha rodeados pelos arvoredos, não da natureza, todavia da indiferença.*

Ainda existe Lua

"Na condição silenciosa da minha vida na ilha, onde desejava apenas o que tinha e tinha apenas o que podia desejar."

(Robinson Crusoé)

De repente tudo parou! Tudo? Sentimo-nos como náufragos jogados pelas ondas a uma ilha desconhecida. Desconhecida? Na realidade deixamo-la com o tempo e passamos a habitar uma ilha sem árvores, sem céu, sem estrelas, sem Lua. Sem? Na realidade, hoje, quando tudo parou; bem, quase tudo; pois já não nos conhecíamos sem ser com os olhos enfeitiçados pela tecla do celular, escravos do WhatsApp, do Facebook, do Instagram, feito zumbis sem perceber o nosso redor, pois os olhos tinham somente uma direção. Mortos-vivos perambulando pelas veredas sem destino, ou vivos-mortos no crepúsculo da alienação.

E nos vimos novamente em uma ilha, todavia percebemos que não estávamos sós, pois não éramos Robinsons Crusoés. Percebemos que outros estavam ali, perdidos e tentando se adaptar àquela ilha que até achávamos que era desconhecida. Mas não era. Foi aí que percebemos que outras pessoas tinham olhares, mesmo apreensivos. Sorrisos buscando compreensão do novo, ou do que não pensávamos que era novo.

E a ilha tinha muito daquilo que estava esquecido na ampulheta do tempo, no reverso do progresso. Percebemos novamente que o céu anunciava que estava para anoitecer. E surgiu uma estrela. Estrela? Existem estrelas? Como são belas. E de repente um sopro nos rostos. Era o vento. Meu Deus! O vento ainda existe.

De repente, veio um desejo quase incontrolável de me entregar aos encantos da natureza, pois ela existia, ou melhor, a Lua ainda existe. E da janela, parecia que Ela acenava para mim como se quisesse dizer: "Eu ainda existo". E desnudamo-nos nos bate-papos, conversas como no tempo de minha avó. Todos eufóricos trouxeram histórias que estavam esquecidas no livro do destino. Vimos que ainda sorríamos, vimos que ainda brincávamos, vimos que ainda éramos humanos. E mesmo de máscaras, as feições ficaram mais expressivas e evidentes. Nossas cabeças colocaram-se mais eretas, e tudo em volta voltou a ser mais expansivo. Já não olhávamos mais de soslaio, pois que bom saber que nossa ilha era mais linda do que podíamos imaginar. E realmente a vida ainda existe e não éramos robôs.

Voltou. 19h50. E deixamos a ilha sem ao menos nos despedirmos do mundo que tínhamos redescoberto. E voltamos a ser os mortos-vivos, ou vivos-mortos acorrentados pela vida conectada em fios, "desfios", e sem ao menos um calafrio.

"De repente, veio um desejo quase incontrolável
de me entregar aos encantos da natureza, pois
ela existia, ou melhor, a Lua ainda existe.
E da janela, parecia que Ela acenava para mim
como se quisesse dizer: 'Eu ainda existo'."

No quarto da Solidão

 Duas horas da manhã. A insônia me despertou para mais uma madrugada, numa resenha entre mim e minhas divagações. Sim. Ninguém presente. Somente eu, minhas angústias, meus pensamentos em meio a conflitos sem ao menos saber se estava em uma narrativa. Quando começara essa história, para que viesse um conflito?

 Seria talvez: "Era uma vez..."? Não. Melhor: "Certa vez...". Não. Pior. Quem sabe: "Um belo dia...". Belo? Como poderia ser belo, sendo alguém distorcido ao cansaço de um dia engolido pela massificação humana e, agora, sem conseguir desligar-se e recolher-se a um sono profundo. Não cabe mesmo "Um belo dia...". Já sei. De súbito, como em morte súbita, acordei em meio à madrugada para dizer que não estava morto, mas sim vivo, ou um mero sobrevivente, convidado para uma resenha chamada solidão.

 Engraçado é que eu me sentia numa solidão, mas não uma solidão por estar só; todavia ela se fazia presente quando percebi que eu é que me tornara ausente. Não me convidaram? Mas como, se a resenha seria aqui nos meus aposentos?

Algo me veio à mente, que era: por que eu deveria ser imperfeito?

O que é ser perfeito?

Seria fingir, talvez, morrer por dentro, mas corresponder aos interesses dos outros? Ou talvez ser um bêbado não equilibrista, ou um "marginal", todavia sem perder a direção da BR Padrão, sem curvas, sem crateras, sem desvios, uma vereda que pensava que só poderia em uma terra desconhecia, um mundo desconhecido, talvez uma Atlântida.

Foi aí que percebi que aquela insônia veio me convidar para a resenha do "ser o esquisito", o "anormal". Não precisaria de mais convidados, pois meu abraço já não importaria, meu sorriso não faria diferença, meu amor se tornaria desamor.

Como assim? Simplesmente porque "era uma vez..."; não, "certa vez..."; não, "um belo dia..."; não, como belo? Já sei: simplesmente porque de súbito minha alma gritou e ecoou o meu eu, distorcido, pronto a sofrer o nocaute de uma sociedade hipócrita.

Dissonante

"Ser feliz sem motivo é a mais autêntica forma de felicidade."

Carlos Drummond de Andrade

Isolamento sem exclusão

Há algum tempo, ainda bem jovem, um dos livros que li e de que gostei muito, relacionado à Segunda Guerra Mundial, foi *O refúgio secreto*, em que uma mulher, não sei se era polonesa ou não, escondia judeus, para que não fossem levados para campos de extermínio. Schindler buscou formas de salvar vidas, empregando pessoas em sua fábrica, mesmo aquelas que não eram capacitadas. Em outro caso, Sr. Nicholas Winton organizou o resgate de 669 crianças, em sua maioria judias, na antiga Tchecoslováquia, antes delas serem deportadas para campos de concentração e, com certeza, de extermínios.

E é isso que a história nos traz; vários relatos de pessoas que arriscaram suas vidas tentando salvar outras num período trágico e tenebroso, entre 1939 e 1945.

E hoje, sentado em minha poltrona, próximo à janela, vejo pernas se cruzando por entre o caos do trânsito, alguns passos aflitos, outros desgastados por terem perdido por entre os becos o elixir da esperança. Dali, do meu apartamento, sentado em minha poltrona, chego a pensar:

"Estamos vivendo um período bastante caótico". Isolado devido a uma pandemia que veio ceifando milhares de vidas. E a todo instante cada um vem buscando formas de se proteger em busca de uma contenção desse vírus tão devastador.

Entretanto algo começa a remoer dentro de mim. Ouvimos a todo instante a respeito da importância do isolamento, claro, um dos principais instrumentos para evitar que o vírus se dissemine mais. Todavia só estamos pensando no isolamento e nos esquecendo da NÃO exclusão. Como assim? Por que essa interpelação em meio a tanto receio?

Claro. Sinto a exclusão daqueles que estão nas ruas, das pessoas que estão vivendo na miséria, dos diversos microempresários que perderam seus empreendimentos. Parece muito fácil ficarmos isolados e nos apoiarmos na indiferença em relação àqueles que mais precisam. Só que para mim não é. Devia ser. Em que estou me metendo? Meu Deus? Por que esse sentimento em mim?

A tevê ligada reportando cena de pessoas na fila em busca de ossos, devido à fome corroendo seus corpos. Tento engolir o nó na garganta, porém meus olhos já estão marejados. Na minha mesa, bem convidativo, um hambúrguer, amanhã me programei uma pizza e, claro, degustando um vinho. Não quero ficar me julgando por fazer isso, mas não consigo parar de pensar que, além do isolamento, quero pensar também na NÃO exclusão.

Chego a admirar as pessoas que estão indo levar comida para os moradores de rua, admiro a reportagem que mostrou um certo padre, se me lembro bem, Padre Júlio (o qual não conheço), que abriu as portas de sua paróquia para que moradores pudessem dormir, escondendo-se do frio.

E eu? Penso, mas não consigo levantar de minha poltrona. Fico com os olhos impregnados ora na janela, ora na tevê. Penso nos riscos que corremos a todo instante, seja numa padaria, num supermercado, na rua, ou até na maçaneta da porta. Entretanto, busco coragem para não viver um isolamento e uma exclusão ao mesmo tempo. Preciso deixar essa estagnação que está correndo dentro de mim. Não seria um outro vírus também? O vírus da indiferença, o vírus do individualismo? Quero transformar esse meu desejo em atitude, mesmo que eu tenha que sofrer com as consequências de minha exposição. Os meus porões de meu coração, nessa poltrona, estão sendo invadidos por teias, por cupins, por reações psicossomáticas. Preciso encher os meus porões do coração, deixando as portas sempre abertas para esconder aqueles que necessitarem se abrigar para não sofrerem com o extermínio da indiferença.

"É hoje, sentado em minha poltrona, próximo à janela, vejo pernas se cruzando por entre o caos do trânsito, alguns passos aflitos, outros desgastados por terem perdido por entre os becos o elixir da esperança."

Pétalas

A violência contra a mulher no Brasil vem aumentando assustadoramente. A cada 12 segundos, uma mulher é violentada, dados altíssimos se comparados aos outros países; 61% das mulheres assassinadas são negras e 36% dos casos acontecem ao final de semana por seus parceiros. Por quê? Por quê? Por quê? Seus ferimentos são muitos. Além dos físicos, existem os traumas psicológicos com sequelas para o resto da vida. Por quê?

PÉTALAS CAEM. UMA, DUAS OU MAIS PÉTALAS CAEM. PÉTALAS.

Por quê? Não sei. Só sei que um dia ele chegou em casa já com aquele olhar de quem não conhece sequer uma pétala de uma flor. Sim, pétala. Não sei por que me veio essa palavra. Só sei que ele sentou. Acendeu seu cigarro. Meu filho? Ali. Com seu game. Divertindo-se ou talvez já prevendo algo que poderia acontecer. Estava mascando chiclete. Mascando não. Fazendo bola. Poc poc. Não acontece? Sim! E uma, duas, mais pétalas caem. Pétalas.

O pai olhou para ele, aquele olhar de repúdio, sim, porque primeiro é o olhar e depois uma pequena intervenção. Toni sem perceber continuou jogando e mascando seu chiclete. Mascando não, fazendo bola: poc poc poc.

PÉTALAS CAEM. UMA, DUAS OU MAIS PÉTALAS CAEM. PÉTALAS.

O pai olhou para ele e disse: se você continuar a fazer mais uma bolinha disso aí. Poc poc poc. Aí ele fez! Poc. Mas não foi mais o chiclete. Foi o tapa que levei ao tentar impedi-lo de machucar nosso filho. E foi um, dois, três, não sei quantos tapas. Só sei que foi como um tiro. Poc poc poc.

PÉTALAS CAEM. UMA, DUAS OU MAIS PÉTALAS CAEM. PÉTALAS.

Um novo alguém surgira em meu ser. Comecei a desenhar em minha personalidade modelos de atitudes que pudessem me explicitar frente aos outros. Não era para me estrelar, afinal eu via a vida sem brilho. Era apenas uma vestimenta para expressar o meu grito por socorro. Por quê?

PÉTALAS CAEM. UMA, DUAS OU MAIS PÉTALAS CAEM. PÉTALAS.

Meu nome? Perdi quando fui trocada por outros, insultos, palavras não como pétalas, mas feito dardos, inflamando cada dia meu cérebro, meu coração, meus pulmões, meu corpo. Marcas que não se instalavam somente na tela física pintada pela cor da violência, pelos pincéis de porradas. No entanto, marcas que iam descolorindo todo o meu sentimento, toda a minha esperança, toda a minha vontade de viver. Talvez, se eu procurar em meio aos meus papéis, eu encontre minha certidão de nascimento e possa me lembrar de meu nome. Seria Maria, Antônia, Ana? Não sei. Talvez encontrando minha certidão eu possa deixar-me divagar por alguns instantes nas lembranças de minha infância, no colo da minha mãe, nas cosquinhas que meu pai fazia em minha barriga. Mas hoje não dá, meu abdômen dói. Não suportaria uma cosquinha. Levei um chute ontem na barriga, junto aos tapas, misturando-se aos "pocs" do chiclete de Toni. Não que Toni estivesse indiferente à situação. Eu sei. Sei sim que cada bola era para ele como se estivesse mandando uma granada para explodir tudo aquilo que ele presenciara. Foram tantas bolas estouradas, não sei como ele conseguiu fazer tantas com tanta rapidez. Ele parecia querer competir com o pai, ultrapassando os tapas com o número de bolas. Granadas e mais granadas nos destroços da alma.

É realmente lamentável ver pessoas tentarem justificar um ato cruel, desumano, machista como o de um domador de animais. Será que daqui a pouco vão começar a jogar mulheres na arena para os leões, ou para disputas de gladiadores, ficando embevecidos com a morte de cada uma? A cada dia percebe-se ódio crescente nos olhos das pessoas. A história nos mostra vários acontecimentos de extermínios. E, hoje, devemos pensar em um extermínio que já acontece em muitos pensamentos: o extermínio do SER humano. Ser em letras maiúsculas para enfatizar a ambiguidade proposital entre o "ser" verbo, ação, e o "ser" substantivo, indivíduo. Por quê? Por quê?

PÉTALAS CAEM. UMA, DUAS OU MAIS PÉTALAS CAEM. PÉTALAS.

Vida, por que avanças tão rápido e eu não consigo te acompanhar? Por que esta muralha entremeada de arames e espinhos intransponíveis que não me deixam saltar? E carrego essa dor espetando feito farpas, nas entranhas de minha mente, nas entranhas de minha alma, assaltando-me e levando minhas forças, alimentando a minha alma com sarcomas os quais não sei se terão cura, restando-me medo... medo... medo... Por quê?

PÉTALAS CAEM. UMA, DUAS OU MAIS PÉTALAS CAEM. PÉTALAS.

Um medo que destroça meu coração... Um medo deixando em puro deserto meus dias. Um medo que me transforma em algo que não sou. Já não me reconheço no espelho, não sinto meu reflexo. Não consigo olhar dentro dos meus olhos. Vergonha. É como se meu reflexo apontasse para mim me acusando de covarde, de estúpida, essa última palavra que escuto quase todos os dias, quase todas as noites, acho que já soam ao meus ouvidos, mesmo que eu esteja só. "Você não sai dessa situação porque não quer." Fácil ouvir, difícil praticar quando você se vê num labirinto onde anda às voltas sem conseguir encontrar a saída. Por quê? Por que a mim? Por que comigo?

PÉTALAS CAEM. UMA, DUAS OU MAIS PÉTALAS CAEM. PÉTALAS.

Apetece-me soltar um grito para que alguém me escute e me ajude a transpor esse muro que se formou à minha volta, sem me ferir, sem me esvair desse mundo e deixar Toni à mercê do destino cruel que lhe possa surgir. Quantas mulheres procuram desesperadamente a serenidade dentro delas? Quantas de nós? Todavia onde a serenidade está?

Precisamos urgentemente encontrar a saída do labirinto do medo. Por quê? Por que a elas? Queremos agarrar uma mão que não conseguimos ver... Por que a nós?

PÉTALAS CAEM. UMA, DUAS OU MAIS PÉTALAS CAEM. PÉTALAS.

Mão? Qual mão? Essa mão que os olhos veem somente para os afazeres domésticos? Essa mão objeto de prazeres de homens sedentos pelo senso dominador. Essa mão que acena para a multidão num grito de liberdade, igualdade. Essa mão brasileira, da mulher que a cada dia enfrenta um ser que se acha melhor, só por carregar testículos. Essa mão com que eles acham que não temos o direito de dizer não, pois começamos a sofrer feito Madalenas, com pedras soletradas nos lábios machistas, grosseiros e impiedosos. Por quê? Por que a nós?

PÉTALAS CAEM. UMA, DUAS OU MAIS PÉTALAS CAEM. PÉTALAS.

E finalmente essa peça trágica da vida está próxima do fim. Agora, você não quer mais sair. Finge ter aprendido a entender o enredo da vida. Deixem que as cortinas se fechem. Chegam a escutar alguns aplausos, olhares e sorrisos embriagados. As luzes vão se apagando... Pouco a pouco, já não há mais aplausos nem plateia: só escuro e silêncio...

Sozinhas nesse palco, sem qualquer permanência que garanta um sentido à suas próprias existências, Elas se perguntam. Pétalas? Por que caem? Uma, duas ou mais pétalas caem. Pétalas. Eu já não escuto mais o barulho da bola de chiclete do Toni. Ele não gosta mais de chiclete. Já é um rapaz. Todo dia, ao sair para a universidade, dá um sorriso para mim. Às vezes traz um chocolate, uma bijuteria, sempre alguma surpresinha, mas nunca flores. Por quê?

**PÉTALAS CAEM. UMA, DUAS OU MAIS PÉTALAS CAEM.
PÉTALAS.**

E assim vamos levando nossa vida com um grito querendo engrossar dentro de cada uma de nós, querendo ecoar sem medo, "não destrua o nosso jardim!". Somos individuais em nossos anseios e modos de ser... Somos únicas em nossos desejos e formas de amar.

Ao mesmo tempo, também somos coletivos, fazemos interagir nossas diferenças e nos completamos. Como disse: somos singulares e coletivos. Ninguém merece ser condenado às águas turbulentas da perda de si e dos outros, simplesmente por questão de gênero, cor. Qual jardim que sobrevive sem flores? Das diversas que existem. Rosas, Margaridas, Violetas, e tantas outras. Cada uma com suas pétalas. Sem pétalas, não há flores, não há jardim. Por quê?

**PÉTALAS CAEM. UMA, DUAS OU MAIS PÉTALAS CAEM.
PÉTALAS.**

Pétalas caem. Uma, duas ou mais pétalas caem. Pétalas."

Androginia

Em espaços como a publicidade, costuma-se presumir que homens e mulheres são fundamentalmente diferentes. Mas, claro, todos nós conhecemos pessoas andróginas, que têm uma mistura de traços que são considerados, de modo estereotipado, masculinos e femininos. Por que há pessoas que não aceitam modelos estereotipados há séculos? Entretanto seus cérebros são condicionados a quebrar tais modelos por não se deixarem ser otimizados, ou melhor, o que diriam serem melhorados de acordo com o sistema. E nesse desenlace do que é o IDEAL, o condicionado à NORMALIDADE, é que somos estigmatizados por um sistema que não nos permite sair do que é I-DE-AL. Que porra de palavra! O que é ideal? Diga?

Talvez aquela foto na parede? Todo mundo sentado, sorrindo, em sintonia com o IDEAL. Que porra! Falei essa palavra de novo. Sorrindo... sorrindo... Você sabia que há sorrisos que escondem lágrimas? Por que essa foto está aqui? Por quê? É um cenário. O cenário da vida. Vida? Derramo-me em gargalhadas. Ouviram? Risos dentro de nós mesmos. Risos que escondem lágrimas. Veja bem. A vida é um teatro; na realidade, um jogo de representar. Só não é utopia a consciência de jogar.

Quando nascemos nessa peça, começamos a nos preparar para subir ao palco de nossa jornada. E a infância seria o primeiro ato. Lá estamos no ato da vida. Deparamos com novos personagens. Descobrimos a arte de brincar. Vivemos no sonho e na fantasia. O mundo é colorido e começamos a querer construir a nossa própria história. Ousamos improvisar algumas partes do texto que foi preparado para nós. Mas claro! Descobrimos que podemos burlar o nosso diretor! Podemos? Podemos? Tenho que me derramar em gargalhadas novamente.

Interessante! Por que me olham desse jeito? Livre-arbítrio. Ele fez o seu próprio ato. Minha culpa? Como? Por quê? Eu não o segurei. Depois que o espetáculo começa, não tem como segurar o ator. O ator da vida. A cena se desenrola conforme o desejo. Eu entro só com a sedução. Eu quem? Para alguns, a tentação, o encosto; para os mais poderosos, são setas malignas. Não... Não... Eu sou o desejo. Todo meu, todo seu.   Sim. Interessante como é a vontade, ou melhor, o desejo. Diríamos que em alguns casos é uma dominação unilateral. Sim, por exemplo: li certa vez que o cururu, o sapo, para um melhor entendimento, quando abocanha o mosquito, não há outra escolha para a vítima, pois ela é pega de surpresa sem ao menos ter o desejo de escolher. Agora, a serpente quando engole o sapo, aí não, há a cumplicidade da presa. Com seus olhos luminosos, a serpente o seduz, e num ato de total desejo, o sapo se entrega ao prazer de ser engolido. Tudo uma questão de desejo. Quem é a serpente? Quem é o sapo? Você tem o espelho? Sim. Espelho.

Pois ali estou eu, está você digladiando com o reflexo estereotipado pelo IDEAL. Porra! Falei de novo. E se abrindo para o seu lado andrógino. E é nesse momento, no palco da vida, que o tipo de peça é anunciado, já no primeiro ato. A cena se mistura com uma sonoplastia ora fúnebre, ora reluzente.

E a sedução, ahhhh!!!!! Essa é mais prazerosa do que aquela encontrada na infância. Por que você não para de me olhar? Pode dizer. Você me olha a todo instante e não consegue desviar-se. Quem sou eu? Sou seu desejo incutido. Sou suas fantasias.

Sou sua ousadia. Sou... O quê? Livre-arbítrio? Será que o livre-arbítrio seria um:

FODA-SE! A VIDA É SUA. FAÇA DELA O QUE QUISER!

Quem disse isso? Deus? Será? Tenho que me derramar em gargalhadas. Afinal, rir é o melhor remédio.

Desculpem-me, nem me apresentei. Eu me chamo Pedro, João, Maria, Lúcia, Anastácio, Cleonides, Filó... Eu me chamo você. Isso mesmo. Por que esse nome? Eu já perguntei o porquê do seu? Então, porra, deixa eu com o meu. Eu até gosto! Bem, tudo começou após uma consulta. Algo estava errado. Ele não estava fazendo o ID... Ops, quase falei.

Será que todos somos andróginos? Vivemos escondidos em fotografias de uma sociedade que está estagnada: estagnada em sorrisos. Sorrisos felizes. Sorrisos tristes. Sorrisos bobos inocentes. Sorrisos sedutores. Gargalhadas. Hahahahahaha. Hey! Psiu! Vocês sabiam que há sorrisos que escondem lágrimas? Fingimos o tempo todo. Improvisamos. A vida é uma peça de improviso em que não há um texto certo.

Há um texto construído pelos seus desejos e ansiedades. Nem preciso dizer... por que me culpa? Por que não para de olhar pra mim? Não resisto. Tenho que me derramar em gargalhadas.

Dizem que somos imagem e semelhança de Deus, ou somos deuses, ou melhor, homodeuses? Somos seres "biosocioespiritoculturais". Trazemos dentro de nós uma genética, somos inseridos num modelo de sociedade, recebemos valores e princípios, até então considerados divinos, e trazemos em nossa bagagem um modo de vida, construído na cultura de gerações por gerações. Em pleno século XXI, ainda experimentamos uma irracionalidade em seres racionais. Falamos de livre-arbítrio como se significasse Deus dizendo: FODA-SE, A VIDA É SUA, FAÇA DELA O QUE QUISER!

Nessa perspectiva, utilizamo-nos de dogmas e doutrinas como justificativa de que tudo que nos ocorre é culpa nossa. Somos a desgraça de nossa própria desgraça. Enredamo-nos. Vivemos numa desigualdade estúpida, numa humanidade desumana, numa selva chamada sobrevivência. Daí surgem os homodeuses, que se apoderam de suas diretrizes ditas como verdades absolutas, como forma de nos colocar gladiadores de nossos próprios reflexos no espelho. Assim, passamos a ser colocados num purgatório ainda terreno, sendo julgados pelos homodeuses com seus preceitos, ao mesmo tempo nos embriagando no evangelho do cifrão ($).

E nós, réus de um apocalipse pregado desde tempos primórdios, flagelamo-nos em nosso próprio âmago, acreditando na nossa condenação. Acabamos por viver numa inquisição, feito bruxos queimados pelas chamas do racismo, da miséria, da homofobia, da guerra religiosa, das inverdades pregadas, das peculiaridades de cada ser. Será mesmo que Deus é um só?

Será que Deus é católico? Ou será que é protestante? Seria Deus budista? Ou será que Deus é espírita? O certo é que estamos rodeados por "homodeuses". "Homodeuses" que pregam "amor" numa sutileza quase invisível. Que sopram lenhas para manter viva a brasa que queimará todos aqueles que insistem em ser *Homo sapiens*... ou criaturas vindas do barro, peculiares, singulares, simplesmente seu verdadeiro "eu".

Tudo se mistura num composto feito amálgama, feito morfina, exalando um perfume jamais encontrado em flores, jamais encontrado nos boticários mais parisienses que existem. Uma antítese ora feito veneno, ora feito imortalidade. Entretanto um elixir com fragrância de essência. Essência da alma.

O corpo se faz todo nu ao desejo de se entregar ao ritual de uma fragrância psicodélica, numa madrugada fria de outono, pois as árvores do pensamento vão caindo e deixando metáforas secas, oximoros a estalar ao serem pisoteados pelas divagações.

Entretanto o inverno resolve se tornar amante da primavera, numa madrugada em flores diversas, em jardins repletos de rosas, "desrosas", margaridas... ridas... crisântemos... mos, nesse jardim partido em sílabas, sem versos, sem nexo... porque a divagação não requer nexo nesse pomar que se deixa exalar na madrugada, misturando-se numa melodia harmoniosa por entre o silêncio, que só os ouvidos da insônia ousam escutar.

Só os olhos impuros aos outros olhos, e puros pela sua própria essência, entendem e entenderão quaisquer tipos de esquizofrenia que se derramam por entre os becos das aflições, mas se resguardam nos barracos da nudez de sua própria essência. Assim, se faz poesia, pura, simples, original. Tudo pelo seu livre-arbítrio. Não entendeu?

FODA-SE, A VIDA É SUA, FAÇA DELA O QUE QUISER!

"Tenho sangrado demais, tenho chorado pra cachorro
Ano passado eu morri, mas esse ano eu não morro...
Ano passado eu morri, mas esse ano eu não morro...
Ano passado eu morri, mas esse ano eu não morro..."

"E é nesse momento, no palco da vida, que o tipo de peça é anunciado, já no primeiro ato. A cena se mistura com uma sonoplastia ora fúnebre, ora reluzente."

Os gatos preferem também a Luz!

Uma fábula na comunidade dos gatos, na ficção. Afinal o que não é ficção na vida de qualquer ser?

"Somos felinos, perseguidos nas ruas, escondidos nos esgotos. Relacionados a trevas."

"Mas não queremos ser assim. Os gatos preferem a luz. Não podemos aceitar os rótulos que nos impuseram."

"Devemos insistir no sol. Devemos amar a lua. Devemos ser gatos da luz!"

"AFINAL OS GATOS PREFEREM TAMBÉM A LUZ!"

"Ah! Que loucura de pensamento! Uma vez obscuro, obscuro sempre será. Acreditas que alguém aceitará a tua nova condição?"

"Não somos considerados limpos, inocentes. Somos companheiros das bruxas nas lendas; somos protagonistas dos filmes de terror."

"Não custa tentarmos uma nova vida. Um gato diz que podemos mudar a nossa história, por que não tentar? Além do mais, quem disse que estar entre os bruxos não quer dizer que também não possa ter luz?"

"Eu queria participar de contos de fadas nos castelos de princesas. Sem definirem a minha personalidade pela minha cor."

"Eu queria caminhar por ruas bonitas, ruas de ouro, e brilhar como a luz das estrelas na noite."

"Nunca repararam que, onde há um rastro de luz, escuridão não consegue ofuscar?"

"Ei, você, leitor, você consegue enxergar no escuro? Você tem medo da noite? Ainda se faz escuro o viver? Por que os gatos preferem a luz? Sempre os colocam no escuro, nos quartos das bruxas, nos cantos do porão."

"Dizem que os gatos não são limpos, pois têm medo de água. Não podem se purificar."

"E vivem em meio às trevas, em meio ao obscuro."

"AFINAL OS GATOS PREFEREM TAMBÉM A LUZ!"

"Gatos! Gatos! Gatos!" Em todo o beco ouvia-se aquele sussurro como protesto. "Gatos! Gatos! Gatos!"

"Ainda insisto que os gatos preferem a luz. Ainda que nos transformem em seres tenebrosos..."

"E mesmo que nos queiram em filmes de terror, também insisto que nós, os gatos, preferimos a luz."

"E se o sol não estiver ao dispor dos felinos? E o vento soprar um ruído fino e sinistro? E dirão que os gatos estão a temer... Ao jogarem todos pra cima..."

"Ainda sabendo que em pé sempre cairão. Ainda insisto que os gatos preferem a luz."

"No escuro da noite os gatos se escondem. Nos obscuros do pensamento são presos à neblina da sedução. Entregam-se à penumbra do desconhecido. E não querem acreditar que preferem a luz."

"Chegam a pensar que louco é aquele que insiste na luz. Mas é promessa do Felino Eterno. Ele diz que 'onde há luz, não há lugar obscuro'. Onde há luz, não há lugar obscuro... onde há luz... não... há... lugar... obscuro."

"Ele virá! Ele virá!"

"Quem virá?"

"O Felino Eterno. Prometido para nos trazer a luz. Os gatos não precisarão se esconder em esgotos."

"Não haverá somente sete vidas, mas setenta vezes sete. Sabe por quê? Porque onde ele trouxer a luz, lugar obscuro não haverá."

"E essa será então a verdadeira manhã. A manhã de ouro, quando gatos e luz se entenderão; serão compreendidos."

"Só nos falta agora..."

"O que nos falta? O que nos falta?"

"Chegar o dia em que os gatos andarão pelas ruas sem medo."

"Ruas de ouro. Provavelmente o mais lindo de todos os dias."

"E não terão medo de caminhar e de dizer..."

"AFINAL OS GATOS PREFEREM TAMBÉM A LUZ!"

"Vocês devem estar loucos." Surge uma gargalhada em grunhidos de um dos gatos. "Onde buscaram tal pensamento? Quem se perdeu na estupidez, nessa insanidade?"

"Não sei se quero realmente me arriscar a mudar de vida! Não sei se isso é o que realmente me trará a verdadeira vida! Não sei se meus olhos conseguem ver a luz!"

"Pois digo que não é em vão o que ele realmente tem para nos propor. Por onde tem passado, tem deixado um rastro de sua luz. Muitos comentam e sorriem."

"Não vejo a hora disso acontecer! Não terei medo de enfrentar a quem quer que seja. Eu quero a luz!"

"Por que ter medo daquele que trará a luz? Se está claro, suspense não há."

"Por isso insisto em dizer que onde há rastro de luz, escuridão não há. Onde há..." Vai caminhando entre os outros gatos repetindo a fala: "Onde há luz, escuridão não há!"

"E se nada mudar? E se formos perseguidos pela noite por não querermos com ela estar? E se as bruxas nos expulsarem das lendas?"

"E se formos condenados à mais triste solidão felina?"

"E se formos mutilados e arrancarem nossas peles?"

"Não podemos ter medo de mudar! O que você faz muda o mundo. Nem que pra isso você tenha que sofrer!"

"Devemos nos preocupar com esse felino que virá? Ele fará coisas estranhas no nosso meio!"

"Sim. Porque ele pode nos trazer sérios problemas."

"Não estais exagerando vosso zelo?"

"Devemos dar ouvidos à voz da prudência. E você como um felino ministro sabe muito bem disso!"

"De onde virá esse felino?"

"De um beco numa periferia próxima!"

Um dos gatos novamente se contorce em gargalhadas.

"De uma periferia? E quereis que nós gatos mudemos nossa forma de vida, por um simples felino?"

"Meu caro, esse felino pode incutir muitas coisas nos cérebros dos gatos. No início são apenas alguns gatos, depois serão muitos e será muito mais difícil dominar e conduzir."

"Alguns boatos já surgiram a respeito de sua forma de ser. Agiu de forma rebelde, sem seguir os princípios que determinam a nós os felinos."

"Não tentes esconder-nos nesta escuridão fria! Seremos seguidores do Felino, desse mensageiro da luz!"

"Ei, vamos nos alegrar!"

"AFINAL OS GATOS PREFEREM TAMBÉM A LUZ!"

"Esperem! O que é isso? Que som é este em nosso meio? Que sinfonia é esta? Será o cântico das estrelas? Ou será uma melodia anunciando a morte? Não sejam tolos se entregando a um simples gato que se faz fiel! Isso não pode continuar. Já estamos ficando contaminados por essas ideias utópicas. Não se deixem presos a essa ínfima ilusão! Não percam a sua verdadeira essência!"

"Essência? Que essência é essa que nos aprisiona no mais fúnebre e úmido dos porões. Como querer continuar sem ter um rastro de luz? Como querer continuar vivendo entranhado nas trevas? Ei, não deem ouvidos a palavras de desânimo. Onde existiu um ser que seguiu um novo caminho e não sofreu perseguição? Tereis aflição, porém devemos ter de bom ânimo. Venham para a luz!"

"Eu? Seguir alguém que nem sequer conheço direito? Somente de ouvir falar, ou melhor, para mim, de mais nefastas falácias! Muitos que seguem esse caminho sofrem o mais tenebroso martírio. E tem mais! Depois voltam para buscar refúgio. Onde?" Um dos gatos se contorce em gargalhadas.

"Onde? Nas T R E V A SSSSSSSSSSSSSSS! Chegou a hora de decidir para que lado você deseja ir, ou melhor, contra qual lado deseja lutar."

A gataria começou a se dividir. Alguns desejavam experimentar a nova proposta, já outros preferiam não mexer no que já estava "predestinado". Houve um duelo entre os felinos, até que um foi atingido até as entranhas e desfaleceu-se em meio ao sangue que tingia todo o beco.

"E agora, o que vamos fazer? A morte rondou este lugar."

"Está ficando frio. É o vento fúnebre que volta a invadir."

"Por que fomos acreditar na possibilidade de uma mudança?"

"E agora? Todos os gatos serão amaldiçoados e recolhidos na eterna exclusão, no martírio daqueles que não sentem nenhum temor em alvejá-los."

"Esperem! Como pensar assim? Não podemos desacreditar. Há uma esperança e não devemos desprezar."

"AFINAL OS GATOS PREFEREM TAMBÉM A LUZ!"

"Mas será que realmente tudo irá se transformar?"

"Claro que sim! Como pensar que não! Uma luz se fará em nossa trajetória."

"Não podemos desistir agora. Devemos deixar os becos e encontrarmo-nos livres a caminhar em meio ao sorrir do amanhecer para podermos todos os dias despedirmo-nos do sol saudando a lua, bailando com as estrelas!"

"Isso! Devemos buscar a luz!"

Todos os felinos se olham e vão deixando o beco juntamente com a lua que se despedia da noite para que o sol assumisse o seu lugar. Confiantes foram caminhando pelas ruas, não mais somente becos, sem medo, confiantes.

"O seu corpo reflete o seu olhar...
Se seu olhar não consegue enxergar um rastro de luz...
Você se perderá na escuridão...
Se seus passos não tiverem uma direção...
Você acabará caindo no abismo do sofrimento...
Se sua liberdade for ausência de obstáculos...
Você acabará se entregando à solidão profunda...
Se não souber reconhecer o valor da vida...
Não conseguirá entender o sentido de viver...
Somos criaturas do autor da vida...
E não queremos sozinhos nos guiar...
Ainda que outros queiram
nos desviar para outro caminho...
Colocando-nos nos porões da discórdia,
nos becos do preconceito...
Persistiremos em continuar a seguir...
Sendo tanto felinos da lua quanto felinos do sol...
E nunca deixar de afirmar..."

"AFINAL OS GATOS PREFEREM TAMBÉM A LUZ!"

Arcano

"Essa divisória que nos separa do mistério das coisas a que chamamos vida."

Victor Hugo

Páginas reais

"Noite. A sinfonia do vento deixava-o em dúvida se os arrepios eram de frio ou medo. Nunca se sentiu um medroso, entretanto qualquer um que estivesse ali onde ele estava no momento, sentiria o mesmo. A sala iluminada apenas pela luminária clareava a leitura e ressaltava as sombras dos objetos e móveis que compunham aquele ambiente. A solidão e o mistério interferem no que vemos. Uma sombra, às vezes se torna um monstro ou um vulto, talvez. Vulto? Essa tinha sido uma impressão dele ou era real? Não houvera tempo de conferir. Um golpe na cabeça não dera tempo nem de buscar a resposta nem de concluir o grito de pavor. A cabeça estendida para trás ia anunciando uma leve cascata em sangue, que se misturava com o vinho tinto caído junto ao cálice. Os olhos ainda arregalados condenando o desespero. O livro sobre o peito e o frio em sintonia com o vento celebravam a morte."

Dez horas. O café estava amargo, mas bom. O cenário era desolador. A vítima encostada na poltrona com a cabeça para trás. A poça de sangue no chão. A governanta, **Sra. Mellory**, dissera que, ao chegar à sala, já o encontrara naquele estado.

Ela dormia no último quarto no final do corredor, no andar superior. Mesmo sem provas, eu podia afirmar que, apesar de ser a única pessoa que estava no local na noite anterior, ela era inocente. Podia jurar, porém não podia afirmar. Seu choro era triste. Alguma coisa me dizia que ela gostava muito daquele senhor. Pouco ela tinha a declarar.

O inspetor da cidade, **Dr. Mathews Jones** (famoso não pela sua eficiência, mas sim por jamais ter descoberto um criminoso ou solucionado um caso policial), fazia suas averiguações e me olhava com uma certa indiferença. Na realidade não sei por que tanta indiferença. Mal o conhecia e não tinha intenção nenhuma de prejudicar seu trabalho. Dava esclarecimentos ao jornal da cidade. Ouvi-o dizendo que já tinha ideia do suspeito, mas por enquanto preferia não afirmar nada. Mesmo com a nossa pouca convivência, trocamos algumas ideias. Descobrira que a vítima, **Sr. Thomas**, era um cineasta aposentado e estava vivendo com sua estupenda aposentadoria naquela mansão que fora antes cenário de seus filmes de terror e mistério. Era famoso por dar vida nas telas às histórias de ficção retratadas em livros. Sua capacidade em criar era de uma eficiência invejável e que acabava por inspirar os próprios autores a escreverem novas histórias. Seus filmes traziam fama aos escritores e a fila era grande por uma oportunidade de ver os livros nas telas. Com isso recebia exemplares de diversos autores do gênero, tendo eles uma esperança de conquistar o sucesso. Descobrira que fora um solteirão convicto, pouco se sabia de suas aventuras amorosas. Era bastante discreto. Alguns diziam que sua herança estava destinada a um orfanato local, coordenado pelo **Sr. Oliver**; outros afirmavam que o testamento estava destinado a um sobrinho, **Mr. Morris**, que morava em Londres. O único por sinal. Algumas revistas chegaram a publicar que a fabulosa herança estava destinada a um escritor, **Prof. Linderman**, sobre o qual ele produziu alguns filmes das histórias de seus livros. Mais tarde iríamos saber pelo seu advogado.

Segundo informações da **Sra. Mellory**, Sr. Thomas era de poucas visitas; recebendo, às vezes, raro em raro, visitas do produtor de seus filmes, **Sr. Scenoval**, e do médico, **Dr. Benneton**. Este, nos últimos meses, chegara a visitá-lo com mais frequência, pois o cineasta se encontrava com a glicose muito alta e uma fadiga decorrente de um possível refluxo. Ele era amante de vinho e sempre tinha um cálice com uma dose durante suas refeições e seus momentos inspiradores para a produção do próximo roteiro. Em uma caixa guardava cartas de fãs, sendo um deles bastante especial, pois lhe escrevia todas as semanas. O nome do sujeito era **Eduard Ducan**. Pelo que pude observar em uma de suas cartas, era um leitor fiel dos livros que inspiraram filmes e descrevia cenas como se fossem parte de sua vida. Da janela observava a beleza da área externa daquela mansão. Realmente, mesmo sendo tenebrosa, era um lugar esplêndido. Quaisquer pessoas gostariam de viver naquele local. O terreno parecia infinito e a natureza invadia todo o ambiente. O barulho era como se estivesse perdido numa ilha. Ouvia um pouco distante um ruído de águas, o que denunciava alguma queda ali por perto.

Dr. Mathews não quisera se delongar muito em suas investigações. Depois de algum tempo com a governanta e analisando seus exames médicos, chegou a uma conclusão: morte natural. Não quis questionar, pois aumentariam nossas divergências e questões pessoais. Deixei que ele se despedisse e arrisquei mais uma xícara de café, uma vez que foi o único pretexto que consegui para continuar no local. Algo me dizia que havia outras evidências que pudessem descartar a conclusão tirada pelo inspetor. Um corte profundo na cabeça e mesmo assim morte natural?

O investigador justificou com a estatueta que ficava na segunda prateleira do alto para o solo, próxima à poltrona em que estava a vítima. Alguns livros no chão, o **Dr. Jones** dissera que estavam ali pelo impacto da poltrona na prateleira fazendo com que caíssem, como também a estatueta, atingindo a cabeça do **Sr. Thomas**. Todavia a parada cardíaca acontecera antes do impacto da estatueta, de forma que não seria ela a responsável pela morte. A posição da poltrona e da prateleira revelava ser uma hipótese, mas não a que me convenceu. Uma vez um amigo, hoje também inspetor aposentado, disse-me que um bom assassino não só cria sua estratégia para o ato, mas também trabalha com a empatia de deixar evidências que possam confundir qualquer investigador.

Depois de telefonar-lhe, resolvi verificar o livro que se encontrava com a vítima. Peguei minhas luvas para não atrapalhar com as impressões digitais. Eram cinza em concordância com meu cachecol e minha boina. Enquanto isso aguardava a chegada do meu amigo, pois pedira auxílio nas investigações. Coisas que só um amigo, depois de aposentado, não se sente capaz de recusar. Resolvi ler um pouco aquelas páginas abertas. Capítulo 5: "Noite. A sinfonia do vento deixava-o em dúvida se os arrepios eram de frio ou medo. Nunca se sentiu um medroso, no entanto qualquer um que estivesse ali onde ele estava no momento, sentiria o mesmo. A sala iluminada apenas pela luminária clareava a leitura e ressaltava as sombras dos objetos e móveis que compunham aquele ambiente. A solidão e o mistério interferem no que vemos. Uma sombra, às vezes se torna um monstro ou um vulto, talvez. Vulto? Essa tinha sido uma impressão dele ou era real? Não dera tempo de conferir. Um golpe na cabeça não dera tempo nem de buscar a resposta nem de concluir o grito de pavor. A cabeça estendida para trás ia anunciando uma leve cascata em sangue, que se misturava com o vinho tinto caído junto ao cálice. Os olhos ainda arregalados condenando o desespero. [...]"

O olhar perplexo se misturou pelo espanto do que lera e pela sua presença trocando algumas palavras com a governanta. Não posso negar o suspiro de tranquilidade, pois você, meu amigo de tantas datas, estava ali, com seu cachimbo e sobretudo, que ainda descreviam sua antiga profissão. O olhar observador e um sorriso que me deixou confiante, como se fossem suas palavras naquele momento: "Você não está sozinho nesta. Vamos ao que interessa". Em poucas palavras, depois de algumas observações e com a semelhança do que lera com o fato em si, você também descartou a hipótese de morte natural. Restava agora apenas uma pergunta. Quem matou **Sr. Thomas**?

Restava agora iniciar aquela investigação, aquele mistério, aquele capítulo 5 que ficara tatuado em minha mente. A ansiedade em saber como se dá um fim de um mistério é algo que nos deixa presos à inquietude. E quando se trata de um conto que não nos revela o desfecho e deixa-nos na encruzilhada do clímax daquele enredo? A vontade de terminar um conto assim é [...] nem quero imaginar. Cada leitor tem sua reação. Eu... no momento tinha mais o que fazer. Como disse meu companheiro naquele momento: Quem matara **Sr. Thomas**?

"A sala iluminada apenas pela luminária clareava a leitura e ressaltava as sombras dos objetos e móveis que compunham aquele ambiente."

"Nas unhas do homem, nas mangas do seu paletó, nos seus sapatos, nos joelhos da calça, nos calos do seu polegar e do seu indicador, na sua expressão, nos punhos da sua camisa, nos seus movimentos — em cada um desses traços a ocupação de um homem se revela. É quase inconcebível que todos esses traços reunidos não sejam suficientes para esclarecer, em quaisquer circunstâncias, o investigador competente. Essas são as palavras de Shehomes Locks, grande e fiel amigo."

O roubo do quadro

  Um vento surgira em meu quarto sem pedir licença. Estava ali há mais de três horas a escrever aquele que seria o meu próximo romance policial. Afinal, aposentei-me de minha tão ardilosa profissão de detetive e prometi a mim mesmo que nunca mais pegaria um caso para resolver. No atual momento de minha vida queria apenas usar os tão renomados casos que enfrentei como fonte de inspiração para os meus livros. Nada fora em vão. Dedicava-me tão somente à minha nova profissão, se assim posso dizer: escritor. Escrever nos faz esquecer o que nos aflige e ao mesmo tempo divagar em horizontes até então nunca imaginados.

Instalara-me naquele hotel por situar-se em uma localização que era privilegiada pela natureza, pois esta invadia aquele lugar. Ficava bastante distante da inquietude urbana, escutava algum sinal da tecnologia somente quando ali chegava um hóspede. Telefone havia, mas ainda não tinha escutado sequer um sinal. As pessoas que ali se recolhiam pareciam que estavam escondidas e não queriam se comunicar com quaisquer outras que não faziam parte daquele local. Para um escritor, o hotel era bastante sugestivo. Além dos aspectos já mencionados, soubera que ali fora a grande mansão do Sr. Pessoa, onde, há dez anos, tal proprietário fora assassinado e, até hoje, não se sabe, por certo, o culpado. Lá estiveram presentes os seis suspeitos que deixaram intrigado até o astuto "Shehomes Locks". Atualmente, a mansão se tornara um hotel, além de ter sido inspiração para um jogo que se tornara febre no mundo todo: Cluedo, Clue ou Detetive. O aspecto daquele lugar era similar a um castelo da época medieval. Diziam ter sido, antes de ser a mansão do Sr. Pessoa, um lugar em que aconteceram grandes batalhas. Os corredores eram largos e acinzentados. Os passos ecoavam, não sendo possível disfarçar-se. A iluminação ficava ao alto das paredes, como se fossem luminárias, deixando tais corredores com uma claridade mais discreta.

O vento afastou-me de minha inspiração, e colocou-me na realidade do quarto. Engraçado, naquele momento é que comecei realmente a prestar atenção no meu quarto. Muito bonito e grande. Uma cama bastante espaçosa e com um véu preso à cabeceira para nos proteger de insetos. Próximo à porta, havia um cabideiro com uma sombrinha, talvez esquecida pelo último hóspede. Estava sentado naquela escrivaninha de séculos de existência, bem próximo à janela que dava para uma montanha feito um manto negro. Com certeza era uma vista deslumbrante. Ao amanhecer iria conferir. Essa realidade, em que agora estava a observar, fez-me perder a consciência das horas.

Já se aproximava das três horas da madrugada, e eu ali ficara por tanto tempo escrevendo e deixando minhas ideias fluírem com o papel sendo enfeitado pela minha inspiração.

Percebi um convite em cima da escrivaninha. Resolvi lê-lo. Tratava-se de um convite para participar de uma vernissage na sala de convenções, antiga sala de estar, no próximo sábado, a partir das dez horas da manhã. Juntamente com alguns quadros renomados, estaria também o valioso quadro do artista plástico Eugene Delacroix, do século IX, pertencente ao Museu de Bourdeaux, França. O quadro estava avaliado em mais ou menos 30 milhões de dólares. Pelo visto o final de semana iria interromper o silêncio daquele lugar.

Até então, estávamos instalados ali, eu e a Sra. Doroty, uma hóspede que parecia mais uma inquilina. Em uma conversa no hall, ela me falou que, na realidade, ela estava por mais de três anos vivendo ali com a sua estupenda herança. O casal Rish, também hospedados, diziam estar em lua de mel.

Uma batida na porta. Quem estaria em meu quarto àquela hora da madrugada? Resolvi abrir e para a minha surpresa era o Sr. Steve, o gerente do hotel. Ele era um sujeito agradável, com voz bastante calma e um sorriso um pouco forçado. Pediu que eu descesse até a sala de convenções, pois algo muito grave havia acontecido. Peguei o meu sobretudo e meu chapéu, entre tantos que levara, aliás acho que havia levado mais chapéus do que roupas em minha bagagem. Dirigi-me ao local indicado pelo Sr. Steve. Mas uma coisa me intrigava. O que eles queriam comigo? Ao chegar, já estava à minha espera o Sr. Leon, o presidente do hotel. Era um homem aparentando seus 65 anos, uma barriga e um bigode avantajados. Sem nenhuma cerimônia foi se apresentando a mim e me informou de algo realmente grave.

O quadro de Eugene havia desaparecido. Fiquei perplexo com o que ouvira e vira, afinal a parede em que deveria estar o quadro estava vazia, explicitando apenas o salmão que coloria o ambiente. Mais perplexo ainda fiquei quando soube que o motivo de eu ter sido chamado por ele era que sabia de minha antiga profissão. Mais tarde, é claro, descobri que você, o meu grande e fiel amigo Shehomes Locks, havia denunciado a minha verdadeira identidade para que eu pudesse dar andamento às investigações, pois você estava bastante distante do local e iria levar algumas horas para chegar aqui.

Agora era a hora de quebrar a minha promessa e colocar as minhas habilidades de detetive para funcionar. Retornei ao meu quarto, peguei o cachimbo, afinal todo bom detetive usa cachimbo inglês, assim dizia Locks, coloquei minha lupa no bolso e demais utensílios que seriam importantes para a minha investigação, apreciei-me no espelho e fui até a sala de convenções. Eu tinha solicitado ao Sr. Leon que mandasse chamar todos os hóspedes e funcionários que estavam naquele local. Chegando lá, a sala já estava com mais pessoas do que eu imaginava. Além do Sr. Leon e do gerente Steve, estavam também a Sra. Doroty, o Sr. e Sra. Rish, Paul, o carregador de malas, Sra. Linderman, a camareira.

Todos com os olhos empapuçados anunciando o sono que estavam vivenciando e, ao mesmo tempo, assustados com o acontecimento. Meu Deus, parecia inacreditável, eram realmente quem eu estava pensando? Sim, não restavam dúvidas, lá estavam aqueles seis que fizeram história: Sra. Rosa, tinha se tornado uma atriz de renome, por sinal de beleza indiscutível, nem o tempo pôde apagar. Cabelos negros, olhos e cílios avantajados, os lábios eram desenhados por um batom vermelho sangue. Além dela, o Sr. Marinho, mais calvo do que a última vez que o vira em fotos; Coronel Mostarda mudara pouco e ainda com aquela expressão misteriosa; Professor Black, com aqueles óculos de cientista e olhar espantado; Dona Violeta, que nem preciso falar da cor de seu vestido; Dona Branca, pele alva e um pouco envelhecida em sintonia com os cabelos. Todos com os olhos assustados com o acontecimento, ou melhor, com uma perplexidade misturada com o suspense.

Após colher algumas pistas que pudessem me auxiliar nas investigações, cheguei a uma dedução inconfundível: o ladrão era uma daquelas pessoas; não restavam dúvidas. O meu livro teria que esperar por algum tempo e minha velha identidade deveria ser revelada a todos. Alegrei-me quando ouvi um barulho de uma porta se fechando, e alguns passos se aproximando em direção ao salão. Você havia acabado de chegar. O cumprimento foi rápido e seu olhar já dizia tudo: o que importava naquele momento era **QUEM ROUBOU O QUADRO DE EUGENE DELACROIX?**

Pedimos a todos que permanecessem na sala e nos dirigimos ao escritório que o Sr. Leon nos indicara. Começamos a discutir sobre quais poderiam ser as possíveis pistas que pudessem levar a algum veredito. Mas não importava, pelo menos agora; afinal, se fosse um romance policial ou um conto, os leitores gostariam e exigiriam uma conclusão no caso. No entanto não era uma ficção, era real. E um mistério não se resolve em um dia. Quem sabe um dia use mais essa experiência como inspiração para um futuro romance policial. Aí sim, terei todo o zelo de um escritor de não deixar meu leitor curioso, ou até com raiva a ponto de queimar as páginas de meu livro. Entretanto agora o que nos interessa, a mim e ao meu fiel amigo Shehomes Locks, é a busca ao ladrão de um quadro tão valioso. Em um mistério, a solução está em primeiro plano, frente a quaisquer outros interesses. Por enquanto, caso alguém tenha consciência desse caso, pode tirar suas conclusões, mas com precisão, para que não saia acusando a quem não merece tal julgamento.

"Peguei o meu sobretudo e meu chapéu, entre tantos que levara, aliás acho que havia levado mais chapéus do que roupas em minha bagagem."

O sequestro

Dentro de mim guardo tuas palavras, poesias, momentos, alegrias e tristezas. Dentro de mim guardo um corpo. Perdido pelas veredas que levam ao palco. Espero o aplauso, liberto-me num grito, me perco num sorriso e despeço-me em lágrimas. Fecham-se as cortinas!

O som de um piano em uma vitrola antiga denunciava a sordidez daquele lugar.

"Somente quando se está morto é que se pode sentir realmente vivo. A morte não corre risco de vida, mas a vida corre risco de morrer. Simples. Todavia trágico. O que podemos fazer? Não somos nós que dominamos nosso derradeiro ponto final, ou melhor, não somos nós que escolhemos a hora da indesejada da gente. Mas eu escolhi o dele. Por quê? Vocês saberão. Nem me apresentei. E não tenho medo de me apresentar. Meu nome? Riley. Isso mesmo. R-I-L-E-Y. RI-LEY. Odeio esse nome. Não há um gênero sequer. Talvez, se não estivesse aqui agora na frente de vocês e ouvisse ele ou qualquer outro gritar RILEY... RILEY... Você ficaria em dúvida se estariam chamando a um homem ou a uma mulher.

E é isso. Sou sempre essa dúvida nos olhos daqueles que me ouvem, me traduzem, me julgam. E por quê? Não sei. Nem adianta perguntar quem me deu esse nome. Só sei que detesto. Na realidade, eu nem tenho a capacidade de escolher o que vestir, comer, beber, amar... amar... Mas ele tem. Quem? Ele. Esse ali. O quê? Coitado? Vítima? **(Ri sarcasticamente.)** Quem não é vítima nesse mundo de meu Deus, seu Deus, meu, seu, sei lá de quem? Todos somos vítimas. Vocês são vítimas. Sim. Vítimas de suas angústias, traumas, de seu trabalho, de seu carro com pneu furado, de seu café amargo, de sua cerveja quente, de seus fetiches ocultos. E eu? Eu? Sou vítima sim, mas dele. Dele."

Riley caminha até o outro na cadeira. Pega um copo com água e joga nele. O indivíduo começa a despertar. Riley fica olhando com olhar irônico, dominador. Pega-o pela cabeça e o faz encará-lo.

"Olha! Aí! Cadê eles. Sim. Eles!!! Não vai fazer nada? Diga alguma coisa? Diga? Eu falei: diga!"

O outro indivíduo olha para ele com um olhar de "como?", pois está com a boca tampada. Riley dá uma risada e retira o adesivo da boca dele. O personagem tosse, busca respirar melhor.

"O que está acontecendo aqui? Por que estou amarrado desse jeito? O que que eu fiz? Quem é você? O que quer de mim?"

"Quem sou eu? Ele está perguntando quem sou eu? Você é nojento mesmo. Mentiroso. Fingido. Como ousa perguntar quem sou eu?"

"Eu não o conheço. Nunca o vi antes. Você está me confundindo com alguém."

"Confundindo?" **(Riley bate na cara dele.)** "Como assim? Não tem como confundir. Quantas vezes possuí seu corpo;

me fiz todo seu; feito um michê! E você? Nunca se importou comigo. Usava-me como um produto descartável."

"Não estou entendendo nada. Eu usei você? Michê? Está louco, cara. Primeiro que você já está bem velhinho para se achar um michê. Segundo, eu jamais me envolvi com você. Nem seu cheiro eu conheço."

"Mas eu conheço o seu. Sinto o tempo todo. Parece que ficou impregnado. É como se seu corpo tivesse substituído o meu. Isso. E agora é minha vez. Você está sob o meu domínio. Agora, você é meu escravo. Meu refém."

"Refém? Então é um sequestro? Agora estou entendendo. Você está querendo um resgate. Você pegou o cara errado, pô. Eu sou um ator, só. Não sou global, nem hollywoodiano. Sou um mero ator. Nem cartão de crédito tenho. Meu celular foi doação. Você pegou um pobre para sequestrar? Cara, você se deu mal."

"Cala a boca!!! Meu resgate é outro."

"Como assim? Outro? **Não é dinheiro? Você então é um serial** killer? Um sociopata? Um estuprador? Um louco? Isso! Um louco!!! Deve ter fugido de um hospício."

"Cala a boca!" **(Coloca o adesivo nele novamente.)** "Estão vendo? Ou melhor, ainda não entenderam? A minha vontade era poder amarrar todos vocês, espectadores, que nem ele. Talvez vocês entendessem. Ele é capaz de dizer que não me conhece. Sabe há quanto tempo nos conhecemos? Oito anos. Isso mesmo. Oito anos. E ele agora tem a capacidade de dizer que não me conhece. É muito canalha. Oito anos de cumplicidade, de dependência. Sendo levado aonde quer que ele fosse. Lembro-me uma vez em que fomos para uma cidade interiorana de Minas. Essas bem interioranas mesmo. Nem internet pega lá. Ficamos duas semanas por lá.

E as pessoas não entendiam essa nossa relação. Ele me colocou ao ridículo. Quando me viram, foram risos e mais risos, apelidos, aplausos, mas não era eu quem estava sendo ovacionado. Ele estava. Eu era apenas a marionete usada por ele para que ele pudesse se manter em destaque. E assim foi ali naquele lugar, nas grandes cidades, quase chegamos a sair do país. No entanto, quando tudo parecia que estava se concretizando, ele se esvaía e eu ficava no escuro, com as luzes do espelho apagadas. Eu, aquelas roupas ridículas que ele determinou que eu gostava, aqueles pós. E restava somente eu, essas coisas e o cheiro do suor. Ele? Ah! Um boêmio de mão cheia. Saía com as pessoas, embriagava-se, cada lugar uma experiência sexual diferente. Tirava fotos. E tudo por minha causa. Sim. Pois as pessoas iam com ele por minha causa. Nunca entenderam isso. Nunca me convidaram... Restava eu ali, naquele espaço... com o cheiro do suor dele. No outro dia, aparecia e nem um boa-noite dava. Já ia adentrando em mim para novamente se apoderar do prazer de seu próprio ego. O desejo não era por mim. Era pelo que eu provocava nos outros. **(Para o sequestrado:)** "Ei, não vai dizer nada? Vai ficar aí só com esse olhar de vítima?"

O sequestrado olha para ele como se quisesse novamente dizer: "Como falar se a minha boca está tampada?"

"Ah, sim." **(Retirando a fita adesiva da boca dele.)** "Eu deveria deixar você sem falar mesmo. Aí sim, queria ver se realmente você conseguiria alimentar esse seu ego sem dar uma palavra. E palavras minhas, tiradas de mim."

"Cara, você está enganado. Ou melhor: você está louco. Nem o meu nome você sabe."

"Louco? Louco? Quem não é louco nesse mundo. Ou melhor, digo eu, os loucos são privilegiados frente aos que se dizem de mentalidade sã. Esses sim, vivem de uma insanidade de seu próprio âmago."

"Você está com alucinação. Aí, nem soube dizer meu nome."

"Euzébio Leonardo de Oliveira Pires. Mas ninguém o conhece assim, né? Sim, pessoal, é ele. Euler Pires. Que vergonha, se esconde do próprio nome. Também, vamos falar, é meio esquisito mesmo. Quem te deu esse nome?"

"É o mesmo nome do meu avô. Pai do meu pai. Na realidade eu também não gosto do nome. Não que eu não goste do meu avô. Deus o guarde. Já se foi dessa. Mas, para mim, as pessoas deveriam ter o direito de fazer o registro do nome real depois de alguns anos. Tipo quando você tira carteira de motorista ou passa num concurso. Você tem um período probatório. E só passa a valer depois de algum tempo. Assim deveria ser com o nome. Talvez muitas Lauras fossem Anas, muitos Luíses fossem Ravis. Muitos e muitos nomes seriam outros. Não será isso, talvez, que faça com que as pessoas tenham conflitos com suas próprias identidades?"

"É, talvez seja. Afinal quem não vive em conflito com a própria identidade? Talvez se já começasse escolhendo seu próprio nome, dali iria se formando sua identidade. Eu, por exemplo, também não gosto do meu. Um nome sem gênero. Riley. Daí vem todo esse conflito dentro de minha personalidade."

"Riley? Cara. Isso é nome?" **(Tem uma crise de riso.)** "Meu Deus, sua mãe que deve ter escolhido. Talvez no meio de um orgasmo. Talvez o seu único orgasmo. Imagine. **(Fala gemendo:)** "Riley... Riley... Ah... Ah... Riley!!!!!"

"Para, senão eu te estrangulo aqui e agora. Quem é você pra falar da minha mãe. Você nem a conhece. Ou melhor: nunca teve interesse de conhecê-la. Ou melhor, mais ainda, de conhecer o meu passado, a minha história, a minha origem. Já foi se apoderando de mim, sem ao menos tentar entender de fato quem eu era."

Riley começa a bater no sequestrado, ao mesmo tempo em que vai se angustiando até parar em choro com a cabeça nele, abraçando suas pernas. O piano na vitrola velha parece entender o momento e começa a repetir a parte da música devido a um arranhado no vinil. Riley levanta e dá um chute na vitrola desligando-a e quebrando o disco de vinil.

"Você não faz ideia da solidão de um camarim, depois que as cortinas se fecham. É como se estivéssemos numa cova. Tudo escuro, a roupa caída dependurada no cabide, na arara. Ao olhar, o espelho parece sem reflexo. Talvez pelo fato de estar tudo escuro. Ficamos feito fantasmas, saciando as mentes das pessoas que ali estiveram com suas fantasias. Comentários sobre a minha figura, ou sua. Risos, desejos, mas não passando de uma pura e instantânea fantasia. Nem sei por que meus olhos marejados. Não sou verdadeiro. Por que me angustiar se nem tenho direito a um ouvido? Você tem. Mas eu não. Você já reparou que as pessoas têm dois ouvidos, empregados gratuitamente, e não têm o menor interesse de emprestar pelo menos um? Eu sou pura ilusão. Isso. Sou só um elemento de uma narrativa que se instala em um corpo. Eu sou uma embalagem. Você não. Você é o conteúdo. Você é a essência do tablado. Um corpo com a minha essência da criação de um roteirista."

"Cara, desculpa. Eu não pretendia ofendê-lo, contudo estou aqui, desse jeito. Olha só o meu pulso, já está ficando roxo. Não é fácil estar desse jeito. Desculpa, viu. Você precisa levantar essa autoestima. Talvez assim você consiga se lembrar de tudo e ver o engano que está cometendo, por me confundir com outra pessoa. Por que não me solta para conversarmos melhor?"

"Vou te soltar, sim. **(Desamarra o ator.)** "Pode ir embora."

"Como assim? Embora do nada? Não vai pedir um resgate?"

"Cara, que resgate? Acho que se pedir um resgate, você sentirá bem dentro o que eu sinto."

"Não entendi. Eu me recuso a ir embora sem uma ameaça de um resgate."

"Quem pagaria um resgate por você? Quanto você acha que você vale? Quem o conhece para tanto?"

"Puxa! Eu sou um ator. Claro que alguém vai se preocupar comigo."

"É mesmo? E como será isso? Um tanto de carro lá fora do teatro, policiais com um megafone gritando. Pessoas com cartazes! Cara, você só é conhecido no tablado. Fora dele, é só mais um. E hoje todo mundo é só mais um. O mínimo do mínimo do mínimo da condição humana. Desculpe, não queria humilhá-lo, mas essa é a realidade. Acho até injusto. Você é um bom ator. Gosto de estar em você."

"Nossa! O mínimo do mínimo..."

"Pode ir embora. Vai descansar. Foi mal. Eu não soube conduzir essa nossa relação e exagerei. Tenho que me colocar no meu lugar. E você no seu. Afinal, um ator é repleto de encontros e desencontros."

"Isso mesmo. A vida de um ator é tão cheia de encontros e desencontros com a realidade e a ficção que chega um momento em que ficamos confusos com quem foi ficção, quem foi real."

"Aquele que se diz puro da verdade é escravo da maior mentira."

"Já passaram e passam tantos personagens e pessoas pela minha vida que às vezes mergulho numa confusão mental. Seria loucura? Estou ficando louco?"

"O que é loucura senão a maior compreensão da sanidade?"

Os dois riem para o nada, risos misturados em ironias e melancolias.

"Lembro-me do Fernando, cara, um personagem hilário, desafiador. Um travesti de uma agência de prostituição. Apesar da transformação que ele me exigia, gostava dele. Intrépido, sarcástico, desbocado, mas por dentro uma certa ingenuidade. E o Aquino, compenetrado, sedentário, mas de uma fraternidade incrível. Espera, o Aquino é um amigo, o Fernando, um personagem. Ou o contrário? E Lúcio? Um machão de um humor misturado com uma reflexão. Esse me fez sentir as nuances de todas as fases de um casamento eterno. Desses de 'até que a morte os separe'."

"Nem todos os casamentos eternos são realmente eternos. Já pensou que há casais casados separados e há casais separados casados?"

"E o Ismar, um advogado carismático, mas mulherengo?"

"É mesmo? E em qual peça você o interpretou?"

"Estou tentando me lembrar. Espera aí: Ismar não é um personagem, é um amigo. Assim como o Wander, que é o tipo de homem daqueles de camisa polo. Mas dentro do armário, ao lado de seu Rey, uma Lady Gaga. Agora sinto falta mesmo da Adalgisa, uma fofoqueira que interpretei. Ela era obesa, cheia de bobes na cabeça, uma voz irritante e um clichê na fala: 'Eu sou uma muler dereita! Eu pago as minhas contas. Tô boba!!!'. Foram tantos que passaram pela minha vida. Alguns já nem lembro. Só dos nomes: Atos, José, Tetéu, Fabrício...

"E não se lembra de nenhum outro? Nenhum mesmo?"

"Muito pouco. Alguns não lembro e outros prefiro não lembrar."

"Quem, por exemplo?"

"Bem, estou recordando de um, só não lembro o nome."

"Real ou personagem?"

"Com certeza personagem. Não conseguiríamos ser amigos."

"Por quê?"

"Sei lá. Depressivo, confuso consigo mesmo, mal conseguia se olhar no espelho. Cheio de fantasmas que o atormentavam. Meio chato ele."

"E você não se lembra do nome desse personagem?"

"Acho que não. Sei que começa com R. Nome esquisito. Um nome neutro, para enfatizar essa indecisão de sua vida. Algo tipo Remi, não, Renê, não. Irlen, não, RILEY... Isso. Esse era o no... Espera aí... Você..."

"Agora você se lembrou. Este aqui na sua frente. Chato, conflituoso, angustiante, CHATO, CHATO, CHATO... Que você usou durante oito anos."

Riley pega a vitrola no chão. Liga-a na tomada e coloca outro vinil. Este ainda mais melancólico do que o som do piano que estava tocando antes.

"Cara, como não prestei atenção antes. Você é um personagem. E se é um personagem, não passa de uma ficção. Você não existe!"

"Sim. Acho que posso dizer que sou parte de uma molécula. Sou como um Pinóquio. Não tenho vida própria. Tenho que aprender a me contentar com o breu de um camarim. E aceitar esse paradoxo. Trago um certo glamour a alguém que me usa, mas que me detesta. Como uma prostituta ou um garoto de programa. Você conhece aquela música? 'Baby, dê-me seu dinheiro que eu quero viver, dê-me seu relógio...'"

"Junto com você estrangular meu riso. Guarde seu amor que dele eu não preciso... Eu não vou embora."

"Como assim? Não tem por que ficar aqui. Eu sou um personagem que você odeia. Agora mais ainda, pois eu o sequestrei."

"Eu não o odeio. Na realidade nunca o odiei. É que... você não sabe como interpretar você foi difícil para mim."

"Eu sou um personagem muito chato, né?"

"Não. Não é. Disse isso por querer negar a influência que você teve em mim. Vesti-lo foi o mesmo que vestir o meu reflexo do espelho."

"Não entendi. Você quer dizer que eu sou seu reflexo do espelho?"

"Mais do que isso. Você faz parte dos meus medos, das minhas fantasias, da minha falta de ousadia. Interpretar você deixava-me com inveja. Pois no fundo eu não queria deixar o palco. Você trazia em mim tudo aquilo que o Euzébio gostaria de fazer. E deixar o palco era deixar você no camarim, era me recolher ao casulo. E em você eu me sentia transformado. Cara, o Riley, ou melhor, você é de uma astúcia em sua personalidade que me deixava louco. Sabe aquela parte da peça em que você olha para sua chefe e diz: 'Pode me mandar embora, sua vaca nojenta. Tô nem aí'?. Ela ficava puta. E você saía andando, cantando 'vaca profana põe seus cornos pra fora e acima da manada'."

Os dois riem até rolarem no chão como se tivessem perdido as forças.

"E a personagem agonizava de raiva."

"Pois é. E eu jamais faria isso. Há tantas outras coisas que admirava no Riley, ou melhor, em você, que por isso eu queria esquecê-lo. Quando você diz que eu ia para os bares com as pessoas e me aproveitava, você que pensa que você não estava. As pessoas só falavam de você. Eu ficava ali, rindo, mas por dentro me odiando, pois não valia nada sem a sua presença no palco. Está vendo só? O ator não é tão lembrado quanto seus personagens."

"Então você não me odeia. Ou melhor, é uma mistura de ódio por sentir admiração. Nossa! Como é bom ouvir isso. Olha, eu estava brincando quando disse que ninguém iria pagar um resgate por você se realmente fosse um sequestro. Você é o cara. Por isso te sequestrei. Ninguém me interpretaria tão bem quanto você."

"Nada. Sou só mais um ator, nesse universo da utopia. Se as pessoas observassem as personas que tanto elas usam para se adequarem aos modelos que a sociedade impõe, não viveriam tão frustradas consigo mesmas. Não há como ser autêntico em todos os lugares. As personas fazem parte de nossas andanças pela vida."

Os dois olham para a plateia do teatro vazio e imaginam como se estivesse cheio.

"Você já reparou que o público não só nos assiste, mas muitos se transportam na imaginação naquilo que nós ousamos mostrar para eles? Por isso, devemos perguntar a nós mesmos todos os dias: 'Quem é o ator?'; 'Quem é o personagem?'."

"E sequestramo-nos a nós no intuito de podermos nos colocar num conflito para entendermos qual é a nossa verdadeira essência. Seria uma certa loucura?"

"O que é a loucura senão a maior compreensão da sanidade?"

Euzébio vai até a vitrola, aumenta o som no último volume e os dois começam a dançar juntos... dançando... dançando... sequestrando-se em seus prazeres de se misturarem por entre as personas.

No elevador

Se toda história de fantasmas que ouvíssemos fossem verdadeiras, não sairíamos à rua sozinhos à noite, não pegaríamos ônibus em frente ao cemitério. Não dormiríamos de luzes totalmente apagadas.

O medo do sobrenatural é algo que trazemos desde a infância, talvez por traumas, brincadeiras que marcaram, causos daqueles de arrepiar, filmes, e tantos outros motivos que nos conduzem a esse sentimento tão, posso afirmar, estúpido. Será?

Trabalhava em um prédio antigo no centro de Belo Horizonte. Daqueles em que o elevador é ainda com a porta em forma de grade. Quando você aciona, parece que vai cair. O barulho da porta abrindo ou fechando provoca um certo arrepio, não por achar que algo sobrenatural vá acontecer, mas natural mesmo, tipo, será que esse elevador está em dia com a manutenção? Será que o número de pessoas não está demais para o que ele pode suportar? No entanto não importa. Quem no seu dia a dia — em que precisa bater cartão, ou abrir seu negócio para não perder um cliente sequer, pois hoje vivemos no jogo do salve-se quem puder no sistema do corporativismo — irá se preocupar nessas horas se tudo está bem, se o elevador está bem? Nem nós sabemos ao certo se realmente estamos bem...

Só sei que nunca tive medo de fantasmas. Também, mesmo trabalhando naquele prédio tão antigo, com as paredes em pintura cinza, quase um grafite, eu fechava minha relojoaria às dezoito horas em ponto. Dali em diante, se há ou não alguma coisa fora do normal naquele prédio, já não posso dizer, pois durante o dia em um prédio comercial não há lugar para fantasmas, já tem muita gente circulando em busca do seu ganha-pão, do conserto do seu relógio preferido, do seu livro nos sebos que existem no segundo andar, entre outros mercados de negócios.

Aquele dia fora especial para mim. Nesses meus quase quarenta anos de profissão nunca peguei um relógio tão bonito para consertar. Parecia de outro século. Uma madame, já de uma certa idade, para não dizer idosa, chegou com seu relógio dentro de um saquinho de feltro em busca de uma solução.

"Preciso que consiga consertar. Tem um valor inestimável para mim. Foi de minha bisavó. Já sou a terceira geração que herda esse precioso relógio. Não é ouro legítimo, nem prata legítima. Contudo é como um diário de histórias de vida. Esse relógio nos contou muitas histórias e por meio dele é que conhecemos cada um daqueles nossos antepassados. Quando o coloco no braço, é como se estivesse indo a um chá me encontrar com meus entes queridos que já não se encontram mais aqui."

Ainda em silêncio manuseei todo o relógio com muito afinco a fim de encontrar uma solução para o problema.

Depois do que ouvira, não era simplesmente uma questão de conserto e alguns trocados, mas uma questão de histórias. Não consertando é como se estivesse passando uma borracha em toda uma linhagem de uma família. Senti-me responsável por aquela missão, nem que eu não atendesse mais ninguém naquele dia.

Já passava das dezessete horas e eu teria que fechar às dezoito. Marcara com a senhora às dezessete e trinta, o que reforçou a importância do relógio para ela, pois dezessete e vinte e nove escutei o barulho do mesmo salto que me trouxera o relógio na parte da manhã.

"Consegui. Não foi muito fácil, mas deu certo. Escute só. Confesso que me senti tão responsável por essa missão e ao mesmo tempo honrado por ter confiado a mim tão precioso relógio."

Um sorriso em seus lábios fez-lhe tirar uma nota de cem e colocar na minha bancada.

"Nossa, a senhora não tem nota menor? Não devo ter troco para tanto. Custou trinta e cinco reais, mas não tem problema se a senhora tiver somente uma nota de vinte, ou dez, ou nada. Uma hora a senhora retorna e me paga. Mas venha com o relógio para que eu possa vê-lo e apreciá-lo novamente."

"Fique com o troco. Tenho nota menor sim. Entretanto, para mim, vale muito mais."

Colocou-o no saquinho de feltro e saiu em retirada. Dezoito horas. Eu estava atrasado se tivesse que organizar tudo antes de fechar a loja. E como o prédio era de muitos andares, e eu ficava no décimo oitavo, não conseguiria elevador com tanta rapidez naquele horário. Todos saindo. Não demorou muito como pensei. Fui deixando o prédio e resolvi passar no bar do seu Mozart para tomar aquela especial de sexta. Gelada. Fecharia minha sexta-feira treze com o frescor da cerveja do seu Mozart, que lugar nenhum, para mim, teria igual. Fiquei ali, tomando uma, duas, três, um jiló com fígado. A saideira.

"Traz a dolorosa, seu Mozart. Já são vinte e três e quinze, e meu ônibus passa daqui quinze minutos. Pretendo chegar em casa ainda antes de meia-noite. Hoje é dia do 'gato preto'."

Rimos com a piadinha. Enfiei a mão no bolso para pegar a carteira. Cadê a chave de casa? Procurei na mochila, não estava. Procurei várias vezes nos bolsos.

"Não caiu nada aí do outro lado do balcão não, seu Mozart? Um molho de chaves?"

"Não, Valdir. Nada não. Será que você não esqueceu essas chaves na loja?"

"Será?"

Quase meia-noite. Aquele prédio com iluminação mais fraca. Nos meus quarenta anos ali, a primeira vez que teria que voltar no prédio à noite para pegar minhas chaves de casa. Ainda bem que as chaves da portaria do prédio e da loja ficavam em outro chaveiro e estavam no lugar de sempre. No bolso da frente da mochila. Caminhei em direção ao prédio pensando somente que teria que pegar o ônibus da uma hora da madrugada, pois perdera o das vinte e três e trinta.

Abri a portaria. Fui subindo as escadas que levavam ao elevador. Realmente, o prédio à noite parece outro lugar. Resolvi fazer um nome-do-pai só por descargo de consciência. Uai. Alguém na porta do elevador. Será outro que esqueceu a chave em seu comércio? Como ali dentro era frio nesse horário. Mais frio que o esperado. Ao lado, parada, uma senhora. Apesar da idade, não escondia o ar de madame.

Com um casaco deixando aparecer um relógio lindo. Mal de relojoeiro. Sempre olhamos o pulso das pessoas e tentamos decifrar de qual relógio se trata. Aquele era tão bonito quanto o que eu tinha consertado durante o dia. Espera, era o mesmo modelo. Como podia ter a sorte de ver outro relógio tão diferente no mesmo dia no pulso de uma madame. Espere, é a madame. Puxa! Que coincidência mesmo. Então ela tinha algum negócio comercial ali naquele prédio. Talvez a ansiedade de ver o seu relógio pronto tenha feito com que ela também esquecesse as chaves.

"Que coincidência, madame, a senhora novamente aqui. Estava num bar tomando aquela gelada da sexta e acredita que divaguei todo o tempo sobre o seu relógio? Como disse, senti-me honrado em receber na mão um relógio tão precioso. Acabei esquecendo as minhas chaves de casa. Aconteceu o mesmo com a senhora?"

"Não. Eu sempre estou aqui neste horário."

O olhar não desviava da porta do elevador.

"Sempre?"

"Sempre."

"E a senhora não sente medo de vir aqui sozinha neste horário? Dizem tantas lendas desse prédio. Eu, na realidade, acho que são falácias do povo sem o que fazer. Confesso que é um lugar bem tenebroso para quem sente medo, principalmente para uma mulher. Sabe como é, né, mulher tem medo de qualquer coisa. E a senhora vem aqui sempre!"

"Sempre."

"Ficou lindo o relógio com esse casaco."

"Obrigada."

"Quando era viva, eu tinha."

"Ainda em silêncio manuseei todo o relógio com muito afinco a fim de encontrar uma solução para o problema. Depois do que ouvira, não era simplesmente uma questão de conserto e alguns trocados, mas uma questão de histórias."

Considerações finais

Não há nada mais precioso do que vivermos de memórias, sejam reais ou inventadas, pois quem conta um conto não só aumenta um ponto, mas acrescenta emoções, sentimentos capazes de ultrapassar que o poderia ser, para muitos, instransponível. Não me considero um "quixotiano", entretanto não tenho medo dos moinhos de vento. Deixo que me levem nas asas do vento no bailar da utopia, no transcender os limites dos versos e prosas.